Gaona P. Pío Fernando, sel.

Leyendas de amor / Pío Fernando Gaona P. selección. – 3ed. –
Bogotá: Cooperativa Editorial Magisterio, 2006.

124p. – (Colección Mitos y Leyendas)

1. Cuentos - Colecciones 2. Amor en la Literatura I. Tit. II. Serie
CDD 808.8 /G16l

CEP-Biblioteca Luis-Angel Arango

LEYENDAS DE
AMOR

LEYENDAS DE AMOR

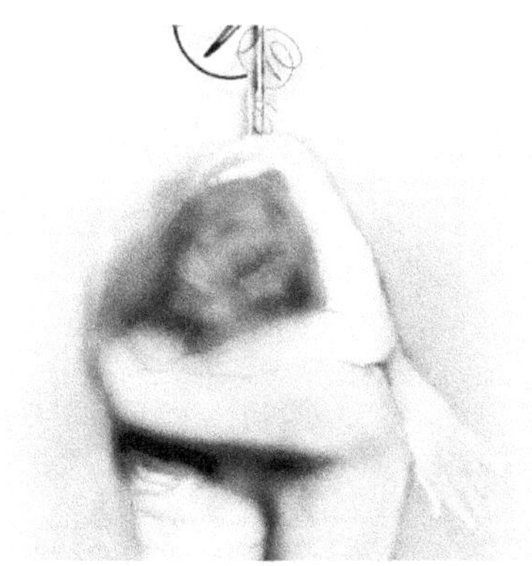

Pío Fernando Gaona —Selección—
Ilustraciones de Andrés Guerrero

MAGISTERIO EDITORIAL

Colección Mitos y Leyendas

LEYENDAS DE AMOR

©   Pío Fernando Gaona –Selección–
     Ilustraciones: Andrés Guerrero

ISBN del libro: 978-958-200838-3

Segunda edición: 2006
Reimpresión: 2018

©   Cooperativa Editorial Magisterio
     Diagonal 36 bis # 20-70 *(Parkway La Soledad)* PBX: 3383605/06
     Bogotá, D.C., Colombia
     www.magisterio.com.co
     info@magisterio.com.co

Dirección General: Alfredo Ayarza Bastidas
Dirección Editorial: Pío Fernando Gaona Pinzón
Diseño de la colección: Ródez

"Yo te seguí
oh dueño de las flores;
¿por qué me abandonas?
Ya no te encuentro; ahora
entraré, entraré, entraré."

Pírrarro

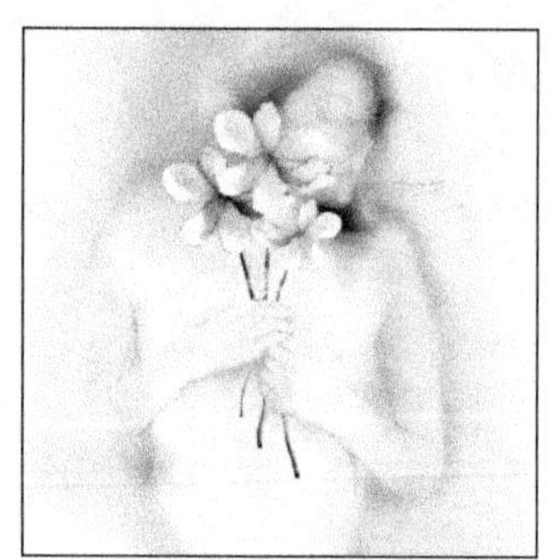

Contenido

Las leyendas se dan en todas las comunidades y se difunden a través de la tradición oral para luego ser recogidas, recopiladas y recreadas cuando escritores, historiadores e investigadores las trasladan a la escritura, al terreno de la literatura.

Las leyendas y los mitos han desarrollado un lenguaje propio: el lenguaje de la imaginación sin fronteras. Las leyendas mitológicas son en sí mismas. No necesitan de más elementos conceptuales, mucho menos de razones para ser demostradas lógicamente.

Con la aparición de los filósofos, y con ellos también el razonamiento lógico, se dejó de recurrir al pensamiento legendario y mitológico. El mito y la leyenda se oponen al logos, como la fantasía a la razón, como el texto que relata al que demuestra. Logos y mithos son las dos mitades del lenguaje, dos funciones igualmente fundamentales de la vida del espíritu.

Las leyendas han relacionado al hombre con los dioses, con los elementos de la naturaleza y el espacio, y han colocado en el plano de la cotidianidad las relaciones misteriosas e inexplicables del hombre con el mundo, del hombre con la vida. Dentro de estas relaciones se encuentra el Amor.

El amor es en todo lugar y ha sido en todas las épocas. Amores ha habido que, por su ejemplar trascendencia en la comunidad, han sobrepasado el tiempo y la dimensión geográfica y se han convertido en leyendas: leyendas de amor.

Por amor, el hombre se entrega a una mujer y la mujer se entrega a un hombre. Por amor nacen los hijos y se perpetúa la humanidad. El amor no nos diferencia, nos une; rompe los odios, los estratos, las fronteras, y nos hace llegar a los más increíbles sacrificios.

Por amor se ha vivido y se ha engendrado la vida misma. Pero por amor también se ha muerto, tratando de alcanzar o defender el ser amado. Unos, antes que la muerte, han preferido la metamorfosis para eternizar el amor en sus nuevas formas corporales. De todas formas, la magia del amor es algo que nos llena de sueños, de ilusiones o de fantasías que queremos hacer realidad para sentirnos realizados.

Adentrándonos en las leyendas de amor que contiene este volumen, sabremos si estamos dispuestos para que nos alcance la alegría, la vida, la poesía, antes que entregarnos en vida a la ley de los amantes de la muerte.

Amor y vida

Por amor nació el amor. Nació Eros. Y Eros vive en cada uno de nosotros, esperando hacernos vivir las más gratas emociones, los más profundos momentos de felicidad. Pasiones y alegrías que se conjugan en el acto sensual y en la comunión de los sentimientos a través de la libertad de la unión o por el entrelazamiento del matrimonio.

Eros se tomó del libro *Mitología. El Amor* es una leyenda extraída del tomo I de la serie *Memorias de Fuego* de Eduardo Galeano. *El Matrimonio del orfebre* es una leyenda recogida por la condesa Gertrudis Von Podewills-Durniz. *El Rey de los Watusi* se extrajo del libro *Las Mejores Leyendas Mitológicas* de José Repolles.

Eros
Mito griego

El Olimpo está de fiesta. Los inmortales celebran regocijadamente el nacimiento de Afrodita (Venus), la bella diosa del amor. En las copas de oro corre abundante el néctar, para estimular la expansión de la despreocupada alegría. Los dioses ríen.

Terminado el festín, surge una figura andrajosa y escuálida. Penía, la Miseria o Indigencia, viene a mendigar los restos del banquete. Pero, antes de iniciar movimiento alguno en dirección a la mesa, vislumbra la figura de Poros, el recurso, dios de la Abundancia, hijo de la Prudencia (Previsión).

Lo ve de lejos cuando, embriagado por el exceso de néctar, se aleja de los inmortales y penetra en el jardín de

Zeus (Júpiter). Allí el joven se acuesta y pronto cae en pesado sueño.

Indigencia, que está siempre a la búsqueda de medios o recursos para poder sobrevivir, toma en ese instante una resolución: tener un hijo de Poros. Y con esa intención se dirige también al jardín. Silenciosamente, se acuesta junto al Recurso. Lo abraza, lo despierta. Y concibe el hijo deseado: Eros, el Amor.

Engendrado el día del nacimiento de Afrodita, el hijo de Penía será para siempre el compañero y paje de la Belleza. Y para siempre será también ambivalente. Porque de su madre hereda la permanente carencia y el destino andariego. Y de su padre le vienen el coraje, la decisión y la energía que lo hacen astuto cazador. Ávido de lo Bello y lo Bueno, de las dos herencias reunidas proviene su destino singular: ni mortal ni inmortal. Ora germina y vive –cuando enriquece–. Ora muere y de nuevo renace. Perennemente transita en la vida, la muerte y la resurrección.

Marcado por la carencia que le transmite Penía, no es sabio. Pero se esfuerza por conocer. Por amor a la Sabiduría, Eros filosofa.

Ya casi nadie frecuentaba el templo de Afrodita para rendir culto a la divina Belleza. Pero, mientras el santuario se iba convirtiendo poco a poco en una ruina, de todas partes llegaban a la ciudad los peregrinos que iban a admirar la extraordinaria hermosura de una simple mortal: La princesa Psiquis (gr.Psykhé: Alma).

Menospreciada por los hombres –que preferían rendir homenaje a una beldad humana– Afrodita se encolerizó. Y, para vengarse, pide a su hijo Eros (Cupido) que use sus flechas encantadas y haga que Psiquis se enamore de la criatura más despreciable del mundo.

Eros parte para cumplir la misión. Pero la belleza de la mortal era tan grande que tuvo el poder de deslumbrar hasta a su corazón divino. Al verla, fue como si Eros hubiera sido traspasado por una de sus propias flechas. Víctima del encantamiento en que enredaba a dioses y mortales, el dios se hirió de amor.

Enamorado, no dijo nada a su madre; se limitó a convencerla de que, finalmente, estaba libre de su rival. Al mismo tiempo que oculta sus sentimientos, hace a Psiquis inalcanzable a los amores terrenos. Aunque todos los hombres la admiren, ninguno se enamora de ella. Contemplan extasiados su belleza, que ahora parece aureolada de distancia e inalcanzable, pero eligen a las hermanas de la princesa, quienes, a pesar de ser infinitamente menos bellas, se casan pronto con reyes. Psiquis, amada por Eros, permanece sola.

La soledad de Psiquis preocupaba y entristecía a sus padres, que querían verla bien casada, como sus hermanas. Y así decidieron ir a consultar al oráculo de Apolo, a fin de solicitarle orientación y ayuda.

Pero Eros también había acudido a Apolo y lo había hecho su aliado en la conquista amorosa. Y para auxiliar a su compañero del Olimpo, el Dios de la luminosidad ordenó por el oráculo a los padres de la princesa que la vistieran con ropas nupciales y la condujesen a lo alto de determinada colina; allí, una serpiente alada y pavorosa, más fuerte que los propios dioses, iría a convertirla en su mujer.

La revelación del oráculo era terrible. La bella Psiquis parecía tener reservado un destino horroroso. Aunque desesperados, el rey y la reina no podían sino cumplir con lo que les había sido ordenado. Y como si la preparasen para sus funerales, entre lamentos y llantos, vistieron a su hija para las bodas y la llevaron a la colina.

Dejada sola, la hermosa princesa aguarda valientemente que se cumpla su triste destino. Exhausta por la prolongada y tensa espera, se duerme. Y hasta ella llega la suave brisa de Céfiro (El dios-viento del Oeste), que la arrebata, transportándola dormida a una planicie cubierta de flores. Cerca corren las aguas claras de un arroyo. Más adelante se levanta un magnífico castillo.

Al despertar, encantada con el deslumbrante escenario, Psiquis oye una voz que la invita a entrar en el castillo, a bañarse y después a comer. Atravesando corredores y salas, no encuentra a nadie. Y, sin embargo, se siente como si estuviera siendo observada.

Durante la comida, la envuelve una suave música, pero continúa sin ver a nadie. Está aparentemente sola en el espléndido palacio. En su fuero íntimo, sin embargo, presiente que, al caer la noche, llegará el esposo que le fuera prometido, la temible serpiente alada.

Y realmente, al anochecer, protegido por la oscuridad, Eros se aproxima a ella. Psiquis no le puede ver el rostro; sin embargo, ya no la aflige temor alguno, alejado por las palabras apasionadas y las ardientes caricias del dios.

Durante algún tiempo Psiquis se entregó a ese amante velado, que la visitaba oculto por las sombras de la noche. Aun sin ver su cara, la princesa le profesaba intenso amor.

En una de esas visitas nocturnas, evidenciando señales de preocupación, Eros le hizo una advertencia: que se precaviese contra la desgracia que sus hermanas le podrían acarrear. Éstas, le reveló, estaban junto a la colina donde había sido dejada y la lloraban. Pero Psiquis no debía dejarse conmover por sus lágrimas. Al contrario –dijo Eros–, era necesario que no se dejara ver por sus hermanas. Del mismo modo –agregó– para evitar la desgracia, no debería intentar jamás ver el rostro del amado.

La princesa prometió ambas cosas, pero se dejó embargar por la tristeza de no poder ver ni consolar a sus hermanas, que la creían desgraciada junto a un monstruo terrible. Y tanto lloró y pidió, que Eros finalmente consintió en la visita de las jóvenes. Sin embargo, aclaró: acercándose nuevamente a ellas, Psiquis estaba reanudando lazos terrenales y labrando su propio sufrimiento. Después le hizo prometer nuevamente lo más importante de todo: no intentaría ver su rostro.

Al día siguiente, Céfiro llevó al palacio a las hermanas de Psiquis. Al principio, sólo hubo la alegría del reencuentro. A las preguntas de las jóvenes sobre el marido, sin embargo, la amada de Eros respondió exclusivamente con evasivas. Dijo sólo que el dueño de tan maravilloso castillo era joven y bello, y que se había ausentado para asistir a una cacería.

Pronto el sentimiento de las hermanas para con Psiquis fue cambiando. Antes, la lloraban imaginándola desgraciada; después, partieron envidiosas de su felicidad. Y la envidia es mala consejera.

Atendiendo a los insistentes ruegos de la amada, Eros permitió que las dos hermanas de Psiquis retornaran al castillo. A partir de esa vez, movidas por la envidia, astutamente hicieron que la desconfianza se insinuase en el corazón de la princesa. Se habían dado cuenta, por las reticencias y contradicciones que tenían sus palabras, que ella no sabía quién era su marido, al que ni siquiera había visto el rostro. ¿Cómo podía estar segura de que no se trataba del monstruo descrito por el oráculo de Apolo? Y si realmente era hermoso y joven, ¿por qué se ocultaba siempre en las sombras de la noche?

Psiquis acabó, así, minada por la duda y el miedo. Aceptó finalmente el consejo de sus hermanas, larga y maliciosamente planeado. Debía preparar una lámpara y un cuchillo afilado. Con la primera, explicaron las muchachas, debía intentar ver el rostro del esposo; con el segundo, matarlo si era un monstruo.

Durante todo el día Psiquis se debatió entre la incertidumbre y el temor. Amaba a su marido, con quien fuera feliz hasta ese momento; pero ¿y si él pretendiese asesinarla? Sólo había una manera de aplacar las dudas que la asaltaban desde que oyera las advertencias de sus hermanas: ver el rostro del amado y descubrir si era o no el terrible monstruo de que hablara el oráculo.

Por la noche regresa Eros, ardiente y apasionado como siempre. Mientras se entrega a sus arrebatos amorosos, Psiquis olvida el propio miedo y la duda. Pero, en cuanto Eros se duerme, la incertidumbre vuelve a afligirle el corazón. Silenciosamente va a buscar la lámpara e ilumina el rostro del esposo. Y se detiene deslumbrada: no es un monstruo; al contrario, es el ser más hermoso que jamás ha podido existir.

Emocionada y arrepentida, la joven cae de rodillas. Sin querer, sin embargo, derrama una gota del aceite caliente de la lámpara sobre el hombro del amado. Este despierta sobresaltado y se da cuenta de lo sucedido. Su hermoso rostro se cubre de profunda tristeza. Y sin decir palabra, Eros se va.

Psiquis intenta alcanzarlo en medio de las tinieblas de la noche. Es inútil. Sólo oye una voz que a lo lejos le reprocha tristemente: "El amor no puede vivir sin confianza".

Abandonada y desesperada, la hermosa Psiquis se echa a recorrer el mundo entero en busca de su amor perdido.

Eros regresó junto a su madre y le pidió que le curase la herida del hombro. Pero cuando le contó lo sucedido, Afrodita se enfureció. Comprendiendo que había sido engañada por su propio hijo –y todo por aquella simple mortal, causa de sus celos– alimentó desde entonces un solo pensamiento: encontrar a su rival y castigarla.

La infeliz princesa vagó de templo en templo, pidiendo el auxilio de todos los dioses, rogándoles que la ayudaran a recuperar su amor perdido. Pero todos, temiendo la furia de Afrodita, se negaron a ayudarla. Como último recurso, Psiquis decidió acudir a la presencia de la propia Afrodita, en la esperanza de que Eros se encontrara en su compañía. Pero junto a la diosa no encontró sino burlas y la imposición de una serie de pruebas humillantes.

La primera tarea que le ordenó Afrodita consistía en separar, antes de la noche, una cantidad inmensa de granos pequeños de diversa especie. Parecía imposible cumplirla en el plazo establecido. Pero tan grande era el sufrimiento de Psiquis, y tan angustiado su llanto, que despertó la compasión de las hormigas del lugar, las que en muchedumbres sucesivas cargaron todos los granos y, separándolos por especies, los juntaron en varios montículos.

Llegada la noche, Afrodita se encontró con el trabajo terminado y se irritó todavía más. Ordenó entonces a Psiquis que se acostara a dormir en el suelo, y por alimento sólo le dio un mendrugo seco. Esperaba destruir así la belleza de la mortal que le había alejado el culto y la admiración de los hombres.

Por otra parte, la diosa cuidó de que Eros permaneciese encerrado en sus aposentos, donde convalecía de su quemadura. Temía que, volviendo a ver a la amada, él se dejara seducir nuevamente por sus encantos.

A la mañana siguiente, una nueva y peligrosa tarea aguardaba a Psiquis. Debía ir a un valle dividido por un arroyo, y allí esquilar los carneros que pastaban en el lugar. La lana de esos carneros era de oro y la caprichosa Afrodita quería para sí un poco de ella.

Tras mucho caminar, la joven llegó al lugar indicado por la diosa. Por el cansancio y la desesperación hasta pensó en ahogarse en el arroyo y terminar así de una vez sus sufrimientos. En ese instante de vacilación entre su intención y la muerte, se dejó oír una voz, proveniente de los juncos de la ribera del arroyo. La voz le traía consuelo y orientación: no era necesario enfrentarse con los carneros para tratar de esquilarlos; bastaba esperar que saliesen de los bosquecillos de arbustos para ir a beber; en las espinas quedarían presas hebras de lana, que sería fácil recoger. Psiquis siguió el consejo de la voz y así lo hizo.

Pero, al recibir la lana dorada, Afrodita no se dio por satisfecha. Alegando que seguramente la princesa había sido ayudada en la ejecución de su tarea, le encargó un nuevo trabajo. Tenía que subir a la cascada que provenía del nacimiento del río Estigio y traerle un frasco de aquella agua oscura.

Las piedras cercanas a la cascada eran escarpadas y resbaladizas, y la caída del agua extremadamente violenta. Imposible satisfacer la exigencia de Afrodita. Sólo pudiendo volar realizaría Psiquis la tarea. Estaba ya dispuesta a desistir, cuando de las alturas descendió un águila que le tomó de entre las manos el frasco, voló hasta la fuente y recogió en el frasco una cantidad suficiente del líquido negro.

Pero el agua del Estigio tampoco sació la sed de venganza de Afrodita. Y así, ordenó a Psiquis que ejecutara otra difícil tarea: ir al Hades (Infiernos) a persuadir a Perséfone (Proserpina) de que pusiera en una caja, mágicamente, un poco de su belleza. Como pretexto, diría a la reina de los Infiernos que Afrodita necesitaba de esa belleza para recuperarse de las largas vigilias que había pasado a la cabecera del hijo enfermo.

Psiquis partió, buscando el camino de los infiernos. Ya había caminado mucho y se encontraba perdida, cuando una torre, apiadada de su aflicción, se ofreció a ayudarla. Minuciosamente le describió todo el itinerario que llevaba al reino de Perséfone, donde vagaban las sombras de los muertos en fúnebre cortejo. Psiquis debía recorrer un largo túnel, a cuyo término encontraría el río de la muerte. Para atravesarlo, tendría que pagar un óbolo al barquero Caronte, que la conduciría a la otra orilla. Entonces seguiría el camino que llevaba directamente al palacio de Perséfone. Ante el portón del oscuro edificio encontraría a Cerbero, vigilante perro de múltiples cabezas, cuya ferocidad debía ablandar ofreciéndole un bollo.

Psiquis hizo lo que la torre le indicó, y así consiguió llegar a la presencia de Perséfone. De buen grado la reina de los muertos atendió el pedido de la joven, a la que entregó la caja solicitada por Afrodita.

El regreso le resultó a Psiquis más fácil. En sus manos transportaba el fruto de la misión cumplida, pero todavía estaba lejos la hora en que recuperaría el amor.

La próxima prueba por la que habría de pasar Psiquis no le fue impuesta por los celos de Afrodita, sino por su propia vanidad. Temiendo que los sufrimientos y tribulaciones la hubieran afeado, creyó no parecer atrayente a los ojos de Eros el día que volviese a encontrarlo. Quizá en la caja de Perséfone estuviera la belleza perdida. La tentación era grande. Y Psiquis no resistió: en mitad del camino abrió la caja. Para su sorpresa, no encontró nada. Pero la acometió tal sueño que cayó dormida allí mismo, como si estuviera bañada por la belleza de la muerte.

Mientras dormía inerte en medio del campo, Eros, curado de su herida, abandonaba la mansión materna burlando la estrecha vigilancia de Afrodita, y salía por el mundo en busca de su amada. Vagó por todas partes, hasta que, finalmente, la halló acostada a la intemperie. Aprisionó al Sueño que pesadamente le cerraba los ojos, y lo volvió a poner en la caja. Con gran suavidad la amonestó por la curiosidad que le hiciera destapar la caja y, después, le mandó que la entregara a Afrodita, actuando como si nada hubiese ocurrido.

Las pruebas de Psiquis habían llegado a su fin. Para tener la certeza de que nada más le acontecería a la amada, Eros se dirigió al Olimpo y pidió a Zeus (Júpiter) que lo uniese en matrimonio con la bella joven.

El soberano de los dioses recordó en esa ocasión cuántos momentos desagradables había vivido por causa de Eros. Pero, a pesar de ello, resolvió complacerlo. Reunió a los dioses en asamblea y declaró que Eros y Psiquis deseaban casarse. Para lo cual, sin embargo, era necesario que la princesa recibiese el privilegio de la inmortalidad. Hermes (Mercurio), el mensajero del Olimpo, fue a buscar a Psiquis y la presentó a los dioses. El mismo Zeus le dio a comer la ambrosía que le confirió la inmortalidad. Luego la declaró oficialmente esposa de Eros.

Los celos de Afrodita se volvieron impotentes. Psiquis ahora era inmortal y estaba unida a Eros para siempre. Nada podía separarlos.

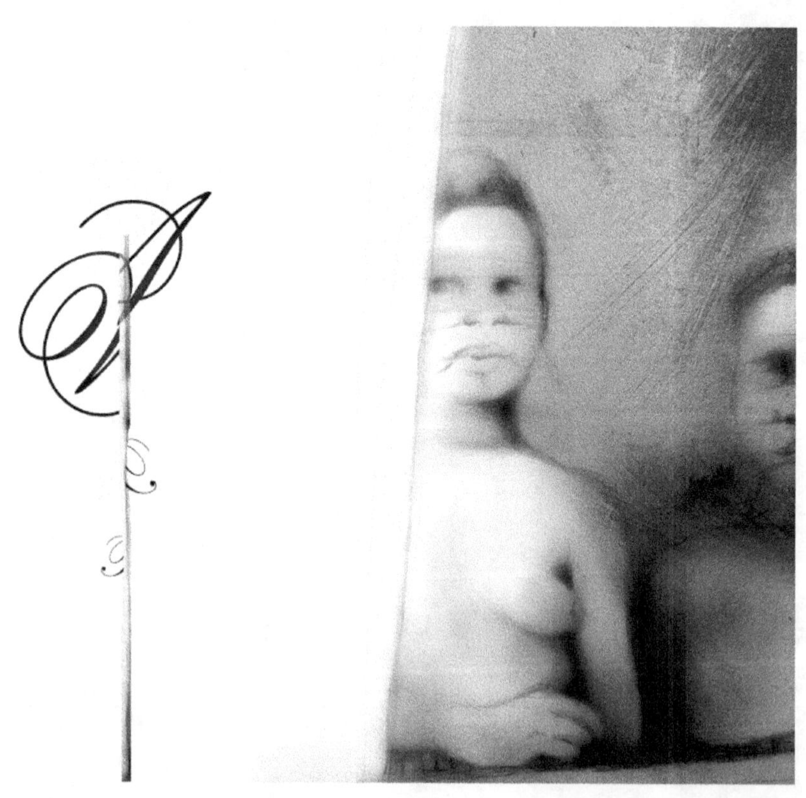

El Amor
Leyenda amazónica

En la selva amazónica, la primera mujer y el primer hombre se miraron con curiosidad. Era raro lo que tenían entre las piernas.

–¿Te han cortado? –preguntó el hombre.

–No –dijo ella–. Siempre he sido así.

Él la examinó de cerca. Se rascó la cabeza. Allí había una llaga abierta. Dijo:

–No comas yuca, ni plátanos, ni ninguna fruta que se raje al madurar. Yo te curaré. Échate en la hamaca y descansa.

Ella obedeció. Con paciencia tragó los menjunjes de hierbas y se dejó aplicar las pomadas y los ungüentos. Tenía que apretar los dientes para no reírse, cuando él le decía:

–No te preocupes.

El juego le gustaba, aunque ya empezaba a cansarse de vivir en ayunas y tendida en una hamaca. La memoria de las frutas le hacía agua la boca.

Una tarde, el hombre llegó corriendo a través de la floresta. Daba saltos de euforia y gritaba:

–¡Lo encontré! ¡Lo encontré!

Acababa de ver al mono curando a la mona en la copa de un árbol.

–Es así –dijo el hombre, aproximándose a la mujer.

Cuando terminó el largo abrazo, un aroma espeso, de flores y frutas, invadió el aire. De los cuerpos, que yacían juntos, se desprendían vapores y fulgores jamás vistos y era tanta su hermosura que se morían de vergüenza los soles y los dioses.

El matrimonio del orfebre
Leyenda Chibcha

Sucedió que el joven orfebre de Guatavita, el que había aderezado las chapas de oro para la litera del Zipa, quiso buscarse una esposa en Bacatá. Y el carpintero que había hecho las andas de la litera tenía tres bellas hijas.

El joven artífice había contemplado los pies morenos y delicados de la mayor de ellas, viéndola bajar al río a lavar las mantas, y en el fondo de su alma sintió que le era preciso llevarse consigo a Guatavita a aquella linda muchacha, para que fuese el ornato y la alegría de su casa.

Presto terminó el plazo que el cacique de su país le acordara para despachar sus trabajos en Bacatá, y el regreso le era imposible ahora si había de dejar allí a la doncella. Larga era su cabellera oscura, y había más luz en sus ojos que en los de ninguna otra mujer. Y su voz tenía la caricia del susurro de la laguna cuando la brisa pasa rozándola.

Y se animó a enviar la manta a los padres de su adorada.

Pasaron ocho días, y el joven orfebre se consumía de anhelos sin que del albergue de sus amores saliese mensaje alguno. Envió entonces una segunda manta y con el permiso del Zipa añadió medio venado.

Y aquella noche le arrastró su amoroso desvelo hacia la casa. Sentóse sobre el quicio de la puerta y apoyó la cabeza en las manos.

Por el ventanuco, el padre de la niña pregunto quién estaba ahí, puesto que él a nadie esperaba.

No respondió. A poco he aquí que se abre la puerta y, al ver sus ojos salir a la doncella, se apresuró tanto su corazón que diríase quererle saltar del pecho. En las manos, suaves y breves, sostenía ella una totuma rebosante de deliciosa chicha. Y, llevándosela a los labios, bebió.

Profundamente quedóse luego mirando al novio y le alcanzó la *totuma*. Y él la vació en su garganta hasta la última gota.

Con esto sabía él que ya le era dado el derecho de llevarse consigo aquella mujer. Y ella sabía que iba a ser la primera en la casa del hombre amado, por más mujeres que luego él se encontrara.

Fuéronse acto seguido a buscar al jeque, al cual hallaron sentado, masticando tabaco, en el fondo de su cabaña.

Y el joven le declaró su voluntad de desposarse con la compañera que había elegido.

Preguntó entonces el sacerdote a la muchacha si había de amar más a Bochica que a su marido, y respondió ella: "sí".

Preguntó el sacerdote si había de amar más que a sus hijos a su marido, y ella respondió: "sí".

Preguntó el jeque si padecería hambre cuando hambre sufriera su marido, y ella respondió: "sí".

Volvió el jeque al novio y le preguntó si era verdad que quería llevarse a aquella mujer para su casa, y si cumpliría la ley de Bachué, y respondió a su turno: "sí".

Hecho lo cual, despidiólos el sacerdote, y ambos volvieron a la casa de los padres de ella, donde festejaron su dicha con bebidas y danzas, que duraron hasta bien entradas las claridades de la mañana siguiente.

Y terminado que hubo el joven orfebre su servicio en la corte del Zipa, tomó a su esposa, y con ella se marchó por Guasca hasta Guatavita.

Y los dioses se mostraron benévolos y les otorgaron un hijo.

Y como si quisiesen los padres conocer la suerte que estaba señalada al niño en la vida, tomando un copo de algodón que empaparon en la leche, le envolvieron en un rollo de hierba. Acompañados luego de seis nadadores elegidos entre los más diestros del pueblo, se encaminaron al río.

Echaron el rollo al agua y tras él se zambulleron los nadadores, los cuales braceaban afanosos porque la corriente era muy rápida y sabían que si no alcanzaban el rollo antes de que las olas lo arrebatasen, era señal de que al niño le afligiría la desgracia.

Mas he aquí que uno de ellos le echa la mano cuando ya un remolino iba a sorbérselo. Estaba, pues, destinado el recién nacido a una vida dichosa. Corrieron entonces todos a casa del orfebre, donde la buena nueva se festejó con gran júbilo.

Envolvieron al niño en una manta y lo sentaron en un banco pequeño. Cada uno de los conmovidos le cortó luego un mechón de cabellos, hasta dejar completamente pelada la tierna cabecita, y todos los mechones fueron arrojados al río, donde también recibió su primera ablución la criatura, que los dioses habían tomado ya bajo su custodia.

El rey de los Watusi
(Leyenda del África Oriental)

Hace mucho, muchísimo tiempo, el rey de los aristocráticos watusi, de Ruanda-Urundi, estaba enfermo de nostalgia, y todo su reino sufría las consecuencias de ello. Le ofrecieron todas las princesas de las tierras circundantes, pero el joven monarca no podía hallar entre ellas a la mujer de sus sueños.

Naturalmente, las aves favoritas de los watusi, los holi-holi, conocían de sobra esta triste historia, y a toda costa trataban de ayudar al nostálgico soberano.

Cierto día, uno de estos pajarillos vio a la más linda muchacha watusi del mundo. Se podía juzgar su absoluta belleza, porque la joven salía en aquellos momentos de un pequeño estanque de agua cristalina en el que acababa de bañarse.

Entonces, el pequeño y juguetón holi-holi tuvo una idea. Con su pico arrebató a la muchacha el ligero delantal, única prenda con que se cubren las mujeres watusi, y se alejó volando. Inmediatamente, la doncella corrió tras el pájaro, riéndose, pues le hacía gracia la broma.

–¡Holi-holi!, ¡dame mi vestido! –le gritaba.

–¡Peechi, peechi! –dijo el pájaro, devolviéndole el pequeño delantal.

Pero cuando la hermosa muchacha, completamente desnuda, se lo iba a poner, volvió a quitárselo y voló algo más lejos. Y así varias veces.

De pronto, un joven watusi de más de dos metros de alto y de extraordinaria hermosura, apareció ante la muchacha y la contempló arrobado. Pero la joven, sumamente casta y decente, al verse sin su reducido delantal se sonrojó intensamente y el rubor dio un brillo aterciopelado a su oscura tez.

–¡Peechi, peechi! –cantó el pajarillo, dejando caer la escasa tela sobre los hombros del rey.

–¡Dámelo, ese delantal es mío! –dijo la joven.

–Te lo devolveré si quieres casarte conmigo –dijo el soberano de los watusi, que al fin había encontrado a su verdadero amor.

Y la virgen... ¿qué podía hacer una virgen en tales circunstancias?

Pero de repente el pequeño holi-holi pensó que quizá su esposa se sentiría celosa si sabía que estaba contemplando tanto rato a aquella hermosa muchacha desnuda. Entonces, cantó "Peechi, peechi" y echó a volar, púdicamente, hacia su nido.

Amor y magia

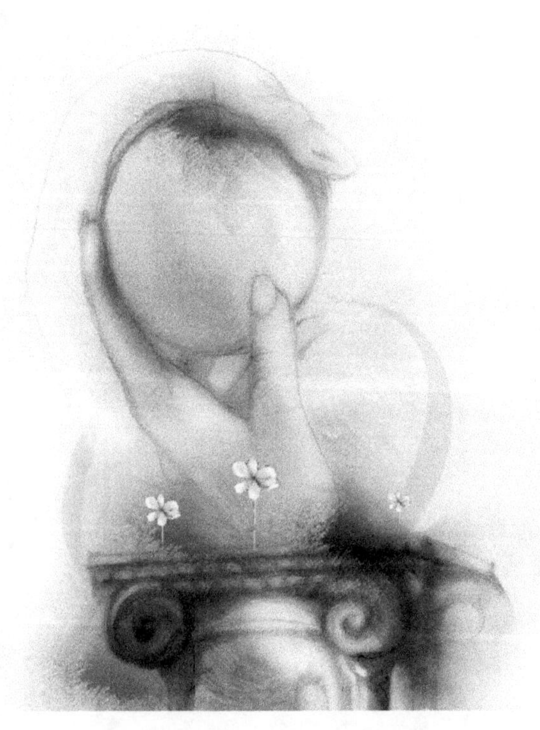

Hoy, una mirada, una rosa, unos versos o unas palabras nacidas desde muy adentro son suficientes para enamorar.

Antes se necesitaban muchos juramentos de amor eterno. Y más antes se llegó a utilizar la brujería o hechicería. Se empleaban, para atraer al hombre o a la mujer, perfumes, brebajes preparados con hierbas o partes de animales. Todo para alcanzar el amor, caro sentimiento al cual muy difícilmente alguien puede escapar. ¿Quién desea escapar a la magia del amor?

Las Altas Torres del Humo es uno de los cuentos narrados por Margarita Parra, campesina boyacense, a la escritora Elisa Mújica, y publicados por Procultura, Colombia. Es un cuento mestizo, pues reúne elementos europeos y nativos de la región.

Connla y el Hada se tomó de *Cuentos de Hadas Célticos*, recopilación realizada por Joseph Jacobs, y editada por José J. de Olañeta, Palma de Mallorca, 1985.

Pírrarro es una leyenda recogida en el Guainía, Colombia, por el misionero javeriano Mariano Mejía.

Había un par de casados que tenían tantos hijos. El marido era pescador y todos los días se iba a pescar a una laguna.

Un día, después de durar mucho tiempo pescando, no encontró nada. Se puso triste y dijo en voz alta:

–Hoy no topé nada. Quién sabe cómo será para mantener a mis hijitos y a mi mujer.

Entonces agachó la cabeza y oyó una voz que le propuso:

–¿Qué me da y lo hago rico?

Pero el hombre no entendió. La voz repitió:

–¿Qué me da y lo hago rico?

El pescador se enderezó y atisbó pa lado y lado y no vio nada.

Volvió a agacharse como si fuera a pescar y la voz le dijo por tercera vez:

–¿Qué me da y lo hago rico?

El pescador volvió a enderezarse y entonces preguntó:

–¿Qué quiere que le dé para que me haga rico?

La voz le contestó:

–Déme su hijo mayor. Me lo trae aquí, al pie de la laguna, dentro de tres días. Y ahora váyase para su casa y atisbe debajo de su cama.

El hombre se fue. Buscó debajo de la cama y vio que la plata era tanta que empujaba p'arriba las tablas. Inmediatamente sacó unas puñadas y se las entregó a la mujer para que fuera a comprar alimentos y ropa para los niños.

Cuando se cumplieron los tres días, llamó al hijo mayor y le dijo:

–Vámonos, mijito, que me comprometí a llevarlo al pie de la laguna para entregárselo a una voz que me ofreció hacerme rico si se lo llevaba.

El muchacho le contestó que muy bien, que se fueran.

Cuando llegaron a la laguna vieron un caballo que la encantadora ya tenía listo. El pescador oyó la misma voz de la vez pasada, que le dijo:

–Cumplidos siete años le mando el niño para que vaya a visitarlos.

El papá montó al niño en el caballo y vio cuando

empezaron a abrirse las aguas de la laguna, por donde desapareció su hijo.

Se fue para la casa muy triste.

El niño llegó a un palacio que había en el agua. Se desmontó del caballo y dijo:

–Si aquí no hay quien se pasié, yo me pasiaré.

Así lo hizo.

Después entró al palacio, que era bellísimo. Encima de la mesa vio un libro y dijo:

–Si aquí no hay quien estudie, yo estudiaré.

Así lo hizo.

Pasó mucho tiempo, el muchacho únicamente escuchaba la voz que le decía: "Venga a desayunar", "venga a almorzar' y "venga a comer". Ya por la noche se acostaba y a lo que lo cogía el sueño, la encantadora iba a acompañarlo a la cama. Pero él no sentía nada.

Cuando pasaron los siete años, una mañanita dijo la voz:

Ora siete años me comprometí a mandarlo a visitar a sus papás. Ahí afuera está el caballo. Vaya, pero con la condición de que vuelva a los tres días y de que, si van a darle alguna cosa, usted no reciba nada.

El muchacho montó en el caballo y la laguna fue abriéndosele hasta que salió a lo seco.

Llegó a la casa y saludó a los papás, pero ellos no lo reconocieron. Entonces les pidió posada y los papás dijeron que sí y lo mandaron seguir adentro, desenjalmaron el caba-

49

llo y lo echaron al potrero, el muchacho les advirtió que no podía demorarse sino tres días, que no era por más.

Cuando las hermanas lo vieron tampoco lo reconocieron, y se enamoraron de él. El segundo día ya echaron a pelear para ver cuál se quedaba con el muchacho, que era tan buen mozo y sabía tanto. La una decía: "para mí", y la otra: "para mí" y que tenía que casarse con alguna.

Entonces no quedó más remedio sino que él les confesara que era su hermano mayor, el mismo que había pasado siete años en la laguna, desde que el padre lo llevó allá.

Al saber que era su hermano, ellas se propusieron averiguarle la vida, y cuando les contó que no había visto nunca a la dueña de la voz, dejaron que se durmiera la segunda noche y le echaron en un bolsillo una vela de sebo, y en el otro una caja de fósforos, sin que el muchacho se diera cuenta.

Por la mañana del tercer día el hermano se despidió, los abrazó a todos y se montó en el caballo que ya estaba listo.

Cuando llegó a la orilla de la laguna, las aguas se abrieron y después se cerraron como siempre y el muchacho entró en el palacio.

Esa noche se acostó y cuando lo cogió el sueño llegó la encantadora y se acostó al lado.

Pero él no podía dormirse porque cuando se volteaba le asentaba la vela. Daba un bote por un lado, daba un bote por el otro, y entonces le asentaban los fósforos.

Por fin se enderezó, se sentó, rascó un fósforo y prendió el cabo de la vela.

Al ver a la encantadora, entre más la miraba más bonita le parecía. No pudo contenerse y se agachó para besarla, pero con el movimiento se ladeó la vela y un alucejo cayó en la cara de la muchacha, que se despertó muy asustada y dijo:

–¿Acaso no te puse la condición de no recibir nada en la casa de tus papás? Ahora te llevo a la mitad de un montañón y me has de encontrar cuando tengas las barbas al pecho. Lo otro que te advierto es que vivo en Las Altas Torres del Humo.

Cuando el muchacho se apercibió estaba entre un montañón. No había nadie por allí. Para mantenerse tenía que comer pepitas de los árboles.

Después de mucho tiempo de caminar, un día topó a unos animales que se disputaban una res. Cuando lo atisbaron le propusieron que la desollara y la repartiera de manera que todos quedaran contentos. Si no lo hacía, se lo comían a él.

El muchacho les obedeció. Desolló la res y les dio a los más grandes más harto y a los más chiquitos más poquito, de modo que ninguno quedó descontento.

En agradecimiento, los animales le entregaron regalos, los de pelo, un pelito, y los de pluma, una plumita. Pero la hormiguita, que no tenía ni pelo ni pluma, le dijo:

–Yo, aunque quede cojita, le doy una patica.

La patica era milagrosa y concedía todo lo que se le pedía.

El muchacho siguió camino y llegó a una serranía de palos tan apretados que no se podía pasar. Entonces dijo:

–Patica, patica, por la virtud que Dios te dio, volvéme una hormiguita.

Así fue. Como hormiguita sí pudo pasar al otro lado. Allá dijo:

–Patica, patica, por la virtud que Dios te dio, volvéme una aguilita y lleváme a Las Altas Torres del Humo.

Se volvió una aguilita y llegó al palacio. Fue volando en círculos y poco a poco bajó hasta el jardín de la encantadora, que lo vio y le dijo al papá:

–Papacito, papacito, llegó una aguilita. Cójamela.

El papá le contestó.

–No sea niña importuna. ¿Cómo quiere que se la coja si esos animales son de las montañas, agrios, y de los que no se dejan domesticar?

Pero la niña repitió:

–Papacito, papacito, quiero la aguilita. Cójamela.

Entonces el papá le hizo caso. Apresó la aguilita, le fabricó una jaula y ahí la echó. Por la noche encerró a la hija detrás de siete puertas, cada una con su llave.

La aguilita dejó que a ambos los cogiera el sueño y entonces dijo:

–Patica, patica, por la virtud que Dios te dio, volvéme una hormiguita y me ponés en la cama de la encantadora.

Al momento estuvo allá y volvió a su ser natural. Pero la encantadora, cuando él fue a tentarla pegó el grito:

–Papacito, papacito, ¡aquí hay un hombre!

El papá se levantó, abrió las siete puertas con las siete llaves, buscó y rebuscó por cada rincón y no encontró a nadie. Entonces cerró las puertas y se volvió a acostar. Pero antes tuvo cuidado de atisbar la jaula de la aguilita porque algo se le supuso. El animal estaba que roncaba en su sitio.

Cuando el aguilita calculó que los había cogido otra vez el sueño, se convirtió en hormiguita y volvió a la cama de la princesa. Allá, convertido en hombre, echó a tentarla y ella pegó el grito.

El papá se levantó, abrió las siete puertas y preguntó a la encantadora que dónde estaba el hombre que decía. Como no lo encontró, cerró las puertas y se fue a su cuarto. En el camino atisbó la jaula. Ahí seguía durmiendo el águila.

Ya el papá se había dormido cuando por tercera vez lo despertó la hija.

Abrió las siete puertas, llegó al cuarto de la niña y le dijo que el hombre que ella nombraba no aparecía por ninguna parte, y que si lo volvía a despertar era pena de la cabeza.

Cuando pasó cerca de la jaula vio que el águila dormía y roncaba que daba gusto.

Pero el muchacho, apenas calculó que el papá se había acostado y que lo cogía el sueño, ya estaba haciendo lo mismo en el cuarto de la encantadora, que ahora no pudo pedir socorro. Esa noche él se la pasó acompañándola hasta que amaneció. Entonces se fue ya de firme para la jaula.

Cuando al otro día se levantó el papá, abrió las siete puertas y le dio permiso de salir a la hija.

Desde entonces la encantadora se la pasaba con la aguilita al hombro para llevarla a todas partes. Si el animal no comía primero, ella tampoco.

Una noche le dijo el muchacho que convidara al papá y se pusiera a espulgarlo y que cuando lo estuviera haciendo le preguntara que cuándo se moría.

Así lo hizo ella. Le dijo al rey:

Camine, papacito y yo lo espulgo porque cómo tendrá de animales en la cabeza.

Estaba en esas y duró harto. De golpe le preguntó:

–Ah, papacito, ¿y usted cuándo se va a morir?

–Ah, mijita, ujum... ujum... para que yo me muera tienen que ir a la hacienda de un rey a donde va una serpiente a comerse las terneras, y el que la mate y le saque un güevo que tiene en la porra, y venga y me lo espiche en la frente, así, sí, entonces me muero.

Esa misma noche, cuando el muchacho fue a la cama de la encantadora, ella le contó lo que le había dicho el rey.

Al otro día dejaron que amaneciera y entonces la aguilita se fue volando.

La encantadora se quedó triste, pero el águila ya iba llegando a la hacienda del rey. Poco a poco fue bajando al suelo y apenas se posó sacó la patica y le dijo:

–Patica, patica, por la virtud que Dios te dio, volvéme un hombre.

Tocó a la puerta del palacio y salió a abrirle un sirviente.

Le dijo que necesitaba al rey porque iba a hacerle un trato.

El rey salió y le preguntó qué trato era, y él le contestó que para matar al dragón que se comía sus animales.

Ese día el rey había hecho amarrar a una princesa para que se la comiera la serpiente en lugar de las terneras. Así que contrató al muchacho y le dio plazo de tres días para que hiciera lo que había ofrecido.

El primer día le mostraron el camino por donde bajaba el dragón y le contaron los animales. Entonces lo dejaron solo.

Por ahí como a las diez vio que llegaba la fiera. Entonces se subió a un palo que había y dijo:

–¡Ah malhaya un vaso de agua y un bocado de pan caliente y el beso de una doncella para matar a esta serpiente!

Cuando el dragón lo oyó, se aporrió en el suelo hasta que se cansó. De dar tantas vueltas se emborrachó y ese día no se comió ningún animal.

Ya era tarde cuando llegaron el rey y el sirviente. Contaron las terneras, vieron que no faltaba ninguna, y se fueron contentos para el palacio. A la noche el rey le dio posada al muchacho.

Al otro día, a la misma hora, fue a esperar al dragón y se subió al palo. Pero el rey había mandado al sirviente para que se quedara con él y le pusiera cuidado para ver qué hacía allá arriba.

El muchacho, cuando vio llegar a la fiera le gritó lo mismo que el primer día:

–¡Ah malhaya un vaso de agua y un bocado de pan caliente y el beso de una doncella para matar a esta serpiente!

Cuando lo oyó la fiera hizo lo mismo que la otra vez: se aporrió hasta que se emborrachó y no se tragó ninguna ternera.

El sirviente se lo contó al rey, que dijo:

–Ya tengo el remedio. Mañana se lo mando.

Cuando amaneció el tercer día, el muchacho se subió al palo. Pero el rey le había mandado detrás a su hija mayor.

Apenas llegó el dragón y el muchacho empezó a decir:

–"¡Ah malhaya un vaso de agua..." la princesa se lo alargó y le dijo:

–Aquí está, tómelo.

Y cuando dijo: –"¡Ah malhaya un bocado de pan caliente...", ella se lo dio. Y cuando dijo: "...El beso de una doncella", lo besó.

Ahí mismo la culebra se murió y él le cayó para abrirle la cabeza y sacarle el güevo.

Lo guardó en la mochila y se fue donde el rey a pedirle el pago que habían convenido, el rey le cumplió y, como no quería dejarlo ir, le dijo:

−De las tres princesas que tengo, escoja la mejor para que se case con ella.

El le dio las gracias pero le contestó que no podía aceptar porque tenía un compromiso en otra parte.

Caminó todo el día y, como ya estaba cansado le dijo a la patica que lo pusiera en el Jardín de las Altas Torres.

Cuando la encantadora vio que por allá volaba la aguilita, le dijo al papá:

−Ah, papacito, ya volvió mi aguilita.

El papá le contestó:

−Ah, niña importuna, si la quiere vaya cójala usted misma porque yo no voy a buscar a un animal resabiado de la montaña. Ya ve que la del otro día abrió la jaula y se fue.

Entonces la encantadora salió al jardín y la aguilita, a cada vuelta más bajita, al fin se dejó coger.

Cuando anocheció la echaron a la jaula y el águila dejó que cogiera el sueño al rey y fue a buscar a la encantadora.

Hablaron mucho y él le dijo:

−Mañana convide al rey a espulgarlo hasta que lo coja el sueño y entonces le espicha el huevo en la frente.

Así fue. Cuando el rey se murió hicieron el entierro, lo sepultaron, y después ellos se casaron y se terminó el cuento.

Connla y el Hada
Cuento mallorquino

Connla, el de la Cabellera Roja, era hijo de Conn, el de las Cien Batallas. Un día, mientras se hallaba junto a su padre en lo alto del cerro de Usna, vio venir hacia él una doncella vestida con extrañas ropas.

"¿De dónde vienes, doncella?", dijo Connla.

"Vengo de las Llanuras de los Inmortales", dijo, "donde no hay muerte ni pecado. Allí siempre es fiesta y en nuestro gozo no necesitamos la ayuda de nadie. En nuestro placer no hay ningún conflicto. Y como tenemos nuestras casas en las redondas colinas verdes, los hombres nos llaman el Pueblo de la Colina".

El rey y todos los que estaban con él se maravillaron de oír una voz donde no veían a nadie. Pues, salvo Connla, ninguno de ellos vio al Hada.

"¿Con quién estás hablando, hijo mío?, dijo el rey Conn.

Entonces la doncella respondió: "Connla habla con una joven y hermosa doncella, a quien no le espera la muerte ni la vejez. Amo a Connla y ahora quiero llevármelo conmigo a la Llanura del Placer, Moy Mell, donde Boadag reina para siempre jamás y donde no ha habido queja ni pena desde que él ocupa el trono. ¡Oh, ven conmigo, Connla, el de la Cabellera Roja, rosado como la aurora y de piel leonada! Una corona de hada te aguarda para adornar tu hermoso rostro y tu regia figura. Ven, y ni tu hermosura ni tu juventud se marchitarán hasta el pavoroso día del juicio".

El rey, atemorizado por las palabras de la doncella, a la que oyó aunque no pudo verla, llamó con voz fuerte a su druida, de nombre Coran.

"¡Oh, Coran, el de los muchos hechizos y la magia astuta", dijo, "necesito tu ayuda. Sobre mí ha recaído una tarea demasiado grande para mi habilidad y mi ingenio, mayor que todas las que han sido impuestas desde que me apoderé del trono. Ha venido a nosotros una doncella invisible y con su poder quiere arrebatarme a mi querido y hermoso hijo. Si no me ayudas, será arrebatado a tu rey con estratagemas y brujerías de mujer".

Entonces Coran, el druida, se adelantó y recitó sus conjuros hacia el lugar donde se oyó la voz de la doncella. Y nadie volvió a oír su voz ni Connla pudo verla ya más. Pero, mientras desaparecía ante el poderoso conjuro del druida, lanzó una manzana a Connla.

Durante todo un mes, a partir de aquel día, Connla no comió ni bebió nada, salvo de aquella manzana. Pero la parte que comía de ella, volvía a crecer, y la manzana siempre estaba entera. Y durante todo ese tiempo creció dentro de él un intenso anhelo y una fuerte añoranza por la doncella que había visto.

Pero cuando llegó el último día del mes de espera, Connla se hallaba al lado de su padre, el rey, en la Llanura de Arcomin y de nuevo vio a la doncella venir hacia él, y otra vez ésta le habló.

"Un lugar glorioso, en verdad, ocupa Connla entre los mortales efímeros que esperan el día de la muerte. Pero ahora el pueblo de la vida, aquellos que viven para siempre, te ruegan y te invitan a que vengas a Moy Mell, la Llanura del Placer, pues han aprendido a conocerte viéndote en tu casa entre tus seres queridos".

Cuando Conn, el rey, oyó la voz de la doncella, llamó a voces a sus hombres y dijo:

"Haced que venga a toda prisa mi druida Coran, pues veo que hoy ella tiene de nuevo el poder de hablar".

Entonces la doncella dijo: "Oh poderoso Conn, luchador de cien batallas, el poder del druida es poco apreciado; se lo tiene en poca honra en la tierra poderosa poblada por tantos de los justos. Cuando llegue la Ley, abolirá los conjuros mágicos del druida que vienen de los labios del falso demonio negro".

El rey Conn observó que, desde la llegada de la doncella, su hijo Connla no contestaba a nadie que le dirigiera la palabra. Por eso, Conn, el de las Cien Batallas, le dijo: "¿Qué piensas de lo que dice esta mujer, hijo mío?".

"Es muy duro para mí", respondió Connla. "Amo a mi pueblo por encima de todo; y, sin embargo, se apodera de mí un gran anhelo por la doncella".

Cuando la doncella oyó estas palabras, respondió y dijo:

"El océano no es tan fuerte como las olas de tu anhelo. Ven conmigo en mi curragh, mi resplandeciente canoa de cristal que se desliza en línea recta. Podemos llegar pronto al reino de Boadag. Ya veo hundirse el sol radiante, pero aunque esté tan lejos, podemos llegar allí antes de que oscurezca. Hay allí, también, otro país digno de tu viaje, una tierra alegre para todos los que buscan. Sólo esposas y doncellas viven en ella. Si tú quieres, podemos buscarla y vivir allí juntos los dos solos alegremente".

Cuando la doncella cesó de hablar, Connla, el de la Cabellera Roja, se alejó corriendo de ellos y saltó al curragh, la resplandeciente canoa de cristal que se desliza en línea recta. Y entonces todos ellos, el rey y la corte, la vieron deslizarse lejos por encima del mar brillante en dirección al sol poniente.

Lejos y más lejos, hasta que el ojo no pudo verlos más, y Connla y el Hada siguieron su camino por el mar, y nunca más fueron vistos ni nadie supo nunca dónde fueron.

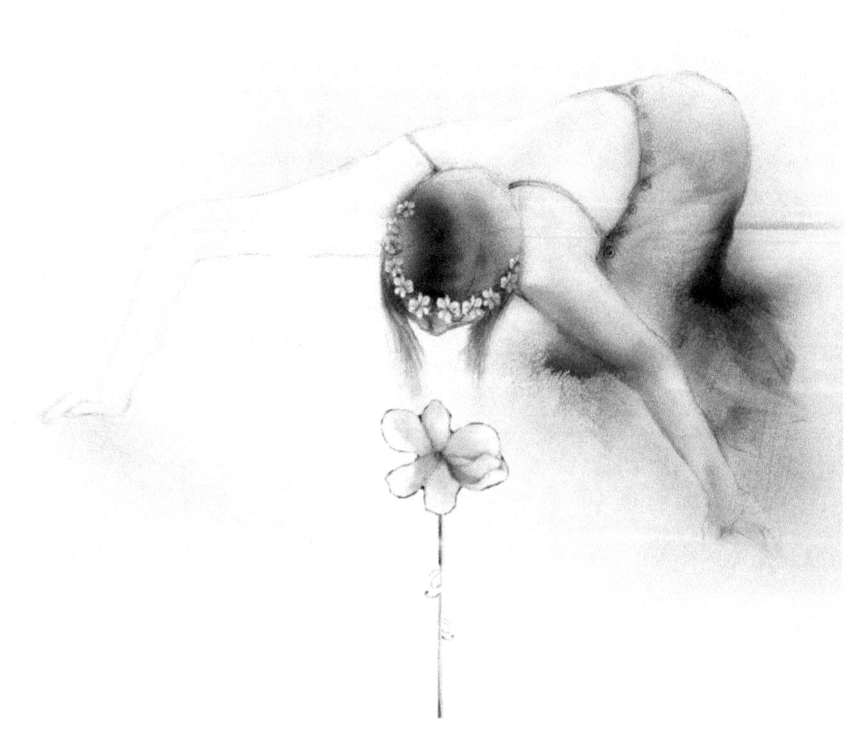

PÍRRARRO
Leyenda puinabe

En una laja situada en la margen izquierda de Caño Chaquira, hoy San Joaquín, afluente del río Inírida, había un pueblo habitado por Puinaves de la familia Yuka (Kenimári Dacáni).

En él, vivía una bellísima mujer, la más hermosa de las de esa tribu. Su aspecto era celestial y de una gran blancura. Vivía perfumada por plantas y flores olorosas. Su nombre era Pírrarro, "Ave Hermosa".

Todos se enamoraron de ella pero a nadie correspondía con amor. Diariamente iba a Cerro Paujil, situado detrás de los tres grandes cerros de Mavicure. Desde la cumbre contemplaba sin cesar el espectáculo maravilloso de la naturaleza; constantemente era seguida por sus pretendientes.

Sus padres la intimaron a que se casara, pues era muy peligroso vivir así soltera. Respondió que se conformaba con ir diariamente a Cerro Mavicure, especialmente a Cerro Jipirrali (pájaro perfumado), hoy Cerro Pajarito.

La pidió un pretendiente, pero ella no aceptó. El hombre, desilusionado, se fue buscando la manera de poder conseguir su amor. Contemplaba de continuo la maravilla de la naturaleza con la idea de ser una princesa siempre célibe. Un día la vio el hombre en uno de los cerros y se dijo: "Voy a ver qué es lo que esta reina contempla tanto". Fue a donde el príncipe, dueño del cerro, llamado "Hombre Extraordinario", o Primo (pariente). Este le dijo que le llevara hierbas y flores del Cerro. Le dio también el Jipirraripan, Semen del Cerro, en una varita. Le dijo que bastaba tocarla con esto. El hombre creyó que con esto la conquistaba; en realidad bastaba con el efecto de las hierbas y las flores. Pero el príncipe tuvo envidia y le dio el semen del cerro para hacerla suya, obligándola a entrar al cerro. Tomó la vara untada del jipirraripan y subió al cerro, hasta donde se encuentran las hierbas perfumadas que exhalan un perfume natural muy agradable. Esta hierba se llama Monochi (pusana). Miró hacia lo alto, tomó algunas de ellas y se untó las manos. Con un poco de ellas se fue a donde la mujer, el semen se llama también Picacam (enloquecedor). Antes de tocar con esto a la mujer ayunó dos días. Ella estaba tejiendo el Kjmá o estera de cogollo de palma cuipe. El hombre le presentó las flores diciendo que eran perfumes. Ella se puso a olerlas. La tocó con la varita y se despidió. Al rato la muchacha empezó a ver visiones y se prendó del hombre. En ellas veía a una mujer y a otro hombre que la llamaban, y cómo se abría el seno del cerro y mostraba maravillas nunca vistas en este mundo. Fue entonces cuando se afanó por ir a buscar las flores encantadas. Fue al cerro Pajarito y de allí pasó al cerro Mono (Puwopán), de donde alcanzó a mirar al hombre y desde lejos lo saludó con este canto:

"Nono pináco
pia putíra imináli
cuáda pimáca noa
corroicha noke tacápia?
Ponaya noewa Kenawa
noakenawa, noakenawa".

" Yo te seguí
oh dueño de las flores;
¿por qué me abandonas?
ya no te encuentro; ahora
entraré, entraré, entraré".

El hombre contestó de esta manera:

"Icacha noa jiyapa
pitale picuale inaco
noicao tewacha pino
noso pada yacarecua putíra
corrin coam caoli pitaponi
noso cárita jipirrali inmacniacaia
no akenao".

"Yo soy el cerro lo
que adoras tanto.
Hacia mí vendrás:
tengo jardines de flores
que jamás has soñado;
tengo lagos perfumados
tengo la belleza del
Pájaro Perfumado. Adiós".

Cuando el hombre contestó, ella bajó al pie del Cerro Pajarito. Llevando la estera se fue a buscarlo a la cumbre del cerro. Miró a todas partes y no encontró al hombre que amaba. Entonces bajó hasta el primer pico del cerro y cantó este poema:

"Panaya móawa
téco téco curricawa
nacápa nuiyaca

níni páta putíra
jaredale licáite nuno
nitaitá nitaviñacao nocadapi".

"Ahora me voy muy lejos
donde no me puedan ver llorar.
Hay un lirio por el cual bien;
solo no puede renacer, sino
en mi compañía".

Dejó la estera en la puerta del cerro y cantó:

"Nuañudam séwa nocada
liaji ño ñanda tupe
pana ya nuewawa nuewawa
nawaupiautada chanaji jitacopem
liaji pomenirro ipaniada".

"Tras de mí dejo
esta estera tejida por mí;
ahora, entraré, entraré,
para que quede como recuerdo
para los que aquí vienen
a causa de las flores perfumadas".

Entró al cerro y se escucharon voces y gritos de alegría
por la entrada de ella. El príncipe dueño del cerro le cantó
este poema:

"Pia vacha pipitaná pomenirro
plomi naso naji wamperri
pomenirro cayowcha
noawapiaca pía".

"Tu nombre será Pájaro Perfumado
para todos los seres vivientes serás:
"Mujer Olorosa"
para que así te recuerde".

Ella respondió al príncipe:

"Picaute noa nopadamo
píaca noso liaji macapacana
jirri pumeniajai
noacada piume naj numaji
naewalirricota lia jiyapa yapinaicua".

"Por tí soy encantada
dándome el extraordinario perfume
dejo todos mis seres queridos,
entraré al trono del cerro encantado".

El príncipe volvió a cantar:

"Piapia machiámi
pipitána pírrarro
panayá najinwacha pipatana
marro pomemirro
naminarro najipa
niatida poweniperri".

"Tú fuiste doncella
llamada "Ave Hermosa";
hoy te llamarán
"Mujer Perfumada",
reina de las hierbas olorosas".

A los siete días de haber entrado al cerro fue vista por los familiares que iban con el fin de rescatarla. Ella salió a la puerta, vestida con un largo manto de color blanco y con flores de todos los colores. Su fragancia llegó hasta la base del cerro. Desde la puerta dijo a los familiares estas palabras: "Curricua isodarro quechua noa noa; nomapia napiawa rroca noa panaa noani licaure lia jiyapa majincanadali node lipitan".

Traducido es: "Ya no soy para ustedes. Aspiré a ser princesa y lo soy por medio del encantador cerro del cual llevo el nombre".

Volvió a entrar y se escucharon cantos de toda clase de pájaros. En recuerdo del semen y de las flores que la encantaron, ella salía con una vasija y echaba agua perfumada a las hierbas que aún se encuentran debajo de las puertas del cerro. Los familiares observaban desde el pie del cerro sin poderla coger. Desde entonces, la llamaron Pícacan, "enloquecida del encanto". Pícacan quiere decir también "enloquecedor", y llaman así al semen del cerro Mono.

Dicen los nativos que estas hierbas son afrodisíacas, que enloquecen de amor a las mujeres y las hacen capaces de todo. De ellas han tomado los primitivos para conseguir el amor a las muchachas. Actualmente estas plantas tienen el nombre de Pusana, "remedio para mujer'. Los que quieren conseguir esas hierbas no las encargan a otra persona por temor de ser engañados; ellos mismos van, y se las piden al príncipe, dueño del cerro.

La mujer continuó saliendo en el novilunio y en el plenilunio. En el plenilunio cantaba un bellísimo poema en un lenguaje misterioso que no pudieron entender ni los mismos familiares nativos.

Un brujo, por medio de maleficios, tapó la puerta del cerro, motivo por el cual ya no puede salir visiblemente. Algunos nativos la han visto por medio de encantos. Sale encantada, con una cabellera larguísima, vestida de hierbas olorosas y una corona de flores. Para poderla mirar, es necesario guardar un ayuno riguroso de tres días.

Amor
SIEMPRE AMOR

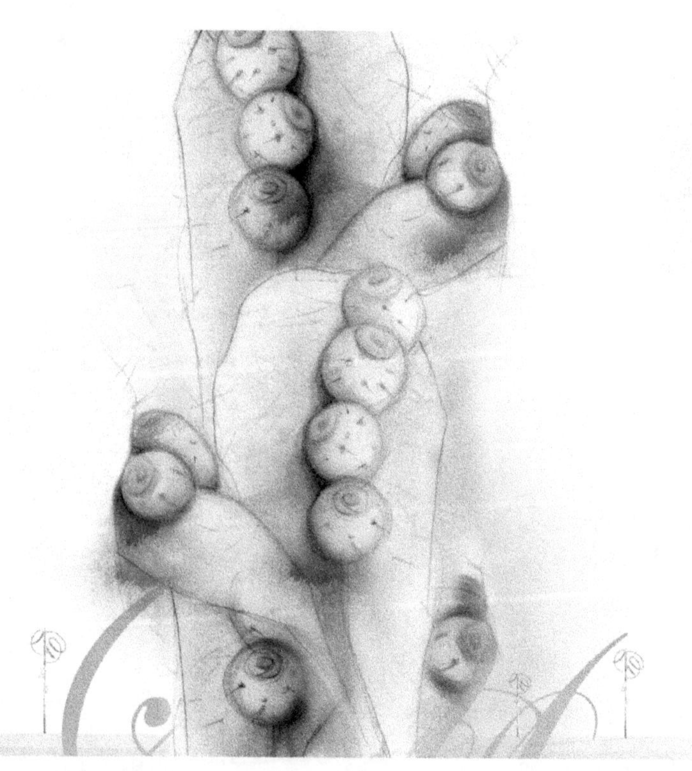

Podrían ser convertidos en rocas, en aves, en flores como castigo por desobedecer a los dioses o al destino impartido por sus padres: Pero nada los atemorizaba pues de nada serviría vivir sin tener al ser amado. Preferían la transformación con tal de seguir siempre amando en sus nuevas formas corporales.

La Flor y el Colibrí es una leyenda tomada del libro *Las Mejores Leyendas Mitológicas* de José Repolles. *El Pastor y la Doncella Hija del Sol* es una leyenda extraída del libro *Mitos y Leyendas de los Aztecas, Incas, Mayas y Muiscas* de Walter Krickeberg.

La flor y el colibrí
Leyenda suramericana

Flor –hermosa india de grandes ojos negros– amaba a un joven indio llamado Agil. Este pertenecía a una tribu enemiga y, por tanto, sólo podían verse a escondidas.

Al atardecer, cuando el Sol en el horizonte arde como una inmensa ascua, los dos novios se reunían en un bosquecillo, junto a un arroyo cantarín y juguetón, que ponía un reflejo plateado en la penumbra verde.

Los dos jóvenes podían verse sólo unos minutos, pues de lo contrario hubieran despertado las sospechas de la tribu de Flor. Una amiga de ésta –amiga fea, odiosa–, descubrió un día el secreto de la joven y se apresuró a comunicárselo al jefe de la tribu. Y Flor no pudo ver más a Agil.

La Luna, que conocía la pena del indio enamorado, le dijo una noche:

–Ayer vi a Flor, que lloraba amargamente, pues la quieren hacer casar con un indio de su tribu. Desesperada pedía al dios Tupá que le quitara la vida, que hiciera cualquier cosa, con tal de librarla de aquella boda horrible. Tupá oyó la súplica de Flor: no la hizo morir, pero la transformó en una flor. Esto último me lo contó mi amigo el Viento.

–Dime, Luna, ¿en qué clase de flor ha sido convertida mi enamorada?

–¡Ay amigo, eso no lo sé yo ni lo sabe tampoco el Viento!

–¡Tupá, Tupá! –gimió Agil–. Yo sé que en los pétalos de Flor reconoceré el sabor de sus besos. Yo sé que la he de encontrar. ¡Ayúdame a encontrarla, tú que todo lo puedes!

Y el cuerpo de Agil –ante el asombro de la Luna– fue disminuyendo, disminuyendo, hasta quedar convertido en un pequeño y delicado pájaro multicolor, que salió volando apresuradamente. Era un colibrí.

Desde entonces, el novio triste, en esa bella metamorfosis, pasó sus días buscando ávida y rápidamente los labios de las flores; buscando una, sólo una.

Pero, según dicen los indios más viejos de las tribus, todavía no la ha encontrado.

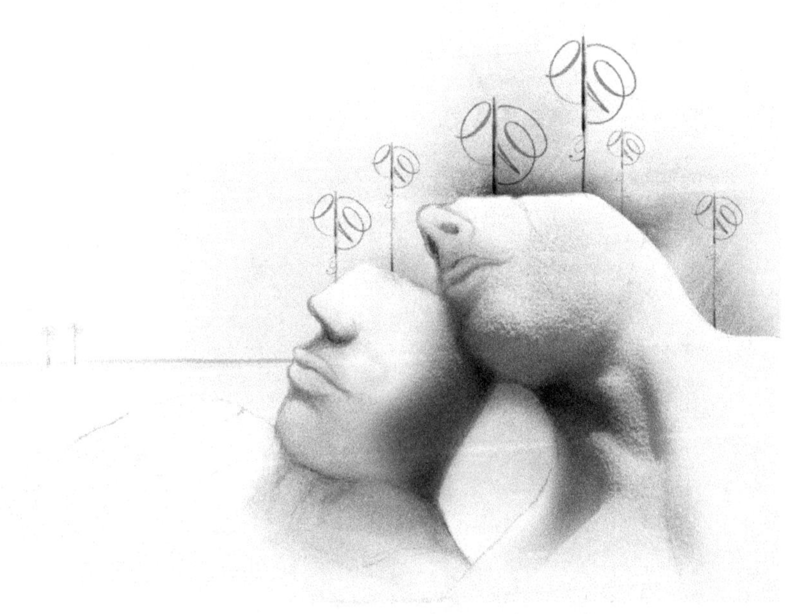

EL PASTOR Y LA DONCELLA HIJA DEL SOL

Leyenda Inca

En la cordillera y sierra nevada que está encima del valle del Yuca y, llamada Pitusira, guardaba el ganado blanco del sacrificio (llamas) que ofrecían los incas al sol, un indio natural de los lares llamado Acoyanapa, el cual era mozo bien dispuesto y muy gentil hombre; andaba tras su ganado y mientras paseaba tocaba una flauta que tenía, muy suave y dulcemente, no sintiendo pena ninguna de los accidentes amorosos que la mocedad sentir le hacía, ni tampoco sentía placer en tenerlos.

Le sucedió un día que cuando más descuidado estaba tocando la flauta, llegaron a él las dos hijas del Sol que en toda la tierra tenían moradas a donde acogerse y guardarse en todas ellas. Podían estas dos hijas del sol pasearse de día por toda la tierra y ver sus verdes prados, mas no podían faltar de noche de sus casas, y a tiempo de entrar en ellas, las guardas y los pastores las cataban y miraban, si llevaban alguna cosa que las pudiese dañar; y como habemos dicho, llegaron a donde estaba el pastor, muy descuidado de verlas y ellas le preguntaron por el ganado y pasto que tenían.

El pastor que hasta entonces no las había visto, aunque turbado, hincó las rodillas en el suelo, entendiendo que eran algunas de las cuatro fuentes cristalinas, en toda la sierra muy alabadas, que en aquel ser se habían convertido o manifestado, y así no respondió palabra, mas ellas tornaron a preguntar por el ganado y le dijeron que no temiese, que ellas eran las hijas del Sol, señoras de toda la tierra, y por más asegurarle le tomaron por el brazo y le dijeron otra vez que no temiese; al fin el pastor se levantó y besó las manos a cada una de ellas, quedando muy espantado de la gran hermosura que tenían, y al cabo de haber estado un buen rato en buena conversación dijo el pastor que ya era tiempo de recoger su ganado y que le diesen licencia para ello, y la mayor de ellas, llamada Chuquillanto, se había pegado mucho de la gracia y buena disposición del pastor, y por entretenerle en razones le preguntó, que cómo se llamaba y de qué tierra era, y el pastor respondió que era natural de los Lares y que su propio nombre era Acoyanapa; en esto puso ella los ojos en un tirado de plata que traía (El pastor) encima de la frente, llamado entre los indios ampu, el cual resplandecía y ondeaba con mucha gracia; y vio que al pie estaba un arador muy sutil y mirándolo de lo más cerca vio que los aradores estaban comiendo un corazón, y preguntóle Chuquillanto que cómo se llamaba aquél tirado de plata, respondió el pastor diciendo que se llamaba utusi, (que hasta ahora no hemos sabido qué significación tenga este vocablo y es de espantar que lo llaman ampu, dijese que se llamaba utusi; y algunos quieren decir que significa el miembro genital, vocablo que enamorados antiguamente inventaron. Finalmente, significa lo que quisiere). La ñusta le volvió su utusi y se despidió del pastor, llevando muy en la memoria el nombre del plumaje y el de los aradores; e iba pensando cuán delicadamente estaban dibujados, y al parecer de ella vivos y comiendo el corazón, que habemos dicho.

En el discurso del camino, iba hablando con su hermana acerca del pastor, hasta que llegaron a sus palacios y al tiempo de entrar en ellos los pongoscamayos o porteros las cataron y miraron si llevaban alguna cosa que dañar las pudiese, porque según ellos, en muchas partes hallaron haber llevado muchas mujeres a sus queridos y amados metidos dentro de los sunlis que en nuestra lengua se dice fajas, y otras en las cuentas de las gargantillas que llevaban puestas en las gargantas. Y cerciorados de esto los dichos porteros las cataron y miraron y al fin las dejaron entrar dentro de los dichos sus palacios, donde hallaron a las mujeres del Sol que las estaban aguardando con sus ollas de oro muy fino, guisadas todas las cosas que en la tierra se daban de mucho regalo. Chuquillanto se metió en su aposento que no quiso cenar y el achaque que es dicho fue a decir que estaba muy molida y cansada de andar. Todas las demás cenaron con la hermana, que dado caso de algún pensamiento tenía de Acoyanapa, no era tal que inquietarla podía, aunque todavía daba algunos suspiros por disimulado. Mas, la dicha de Chuquillanto estaba que a un solo punto ni un momento no podía sosegar, por el gran amor que al pastor Acoyanapa había cobrado, y tenía mal al fin por no dar muestra de lo que dentro de su pecho tenía, como mujer tan entendida y discreta que era en todo género de los extremos; se echó a dormir y quedó dormida.

Había en esta morada, que eran palacios grandes y suntuosos del Sol, muchos aposentos ricamente labrados y vivían en ellos todas las vírgenes del Sol que eran muchas, traídas de todas las cuatro provincias que eran sujetas al inca, como fueron Anti-suyo, Chinchásuyo, Conde-suyo y Colla-suyo, para las cuales había por dentro cuatro fuentes de agua dulce y cristalina que salían y corrían hacia las cuatro provincias en las cuales se bañaban, en la fuente que corría hacia la provincia de donde eran naturales.

Estaba la hermosísima Chuquillanto, hija del Sol, metida en un profundo sueño y soñaba que veía un ruiseñor mudar y volarse de un árbol a otro y que así en uno como en el otro cantaba muy suave y dulcemente, y que después de haber cantado un buen rato con mucha armonía y regocijo, se le puso en sus faldas y regazo, el cual le dijo que no tuviese pena ni imaginase cosa alguna que no se le pudiese dar; y que ella había dicho que sin remedio perecería, si no la diese algún remedio; a lo cual respondió el ruiseñor, que él la remediaría y que le contase su pena, y al fin ella le dijo el grandísimo amor que había cobrado a la guarda del ganado blanco, que se llamaba Acoyanapa, y que sin ninguna duda veía ya su muerte, porque para remediarse no había otro remedio que huir con el que tanto quería; porque de otra manera sería sentida de alguna de las mujeres de su padre el Sol, y así la mandaría matar el dicho su padre; a lo cual le respondió el ruiseñor: que se levantase y asentase en medio de las cuatro fuentes arriba dichas y allí cantase lo que más en la memoria tenía y que si las fuentes concordasen y dijesen lo mismo que ella cantase y dijese, que seguramente podía hacer lo que quisiese; y diciendo esto, se fue.

Despertó la ñusta como espantada y a gran prisa se comenzó a vestir, y como toda la gente estuviese durmiendo a sueño suelto, tuvo lugar de levantarse sin ser sentida, y así se fue y se puso en medio de las cuatro fuentes y empezó a decir, acordándose de los aradores y tirado de plata, en el cual estaban los dos aradores comiendo el corazón sobredicho, y decía: *Micuc usuntu-cuyuc, utusi cusim*, que significa: arador que está comiendo el utusi que se menea digno es; y luego comenzaron todas las cuatro fuentes unas a otras a decirse lo mismo a gran prisa, en cuadro; (y para ver si era verdad lo que acerca de esto cuentan estos indios, quise poner aquí a las espaldas las cuatro fuentes y los nombres y el canto triste de Chuquillanto para ver por la figura si se comunicaban unas a otras, y vi ser una cosa maravillosa como la figura de la ñusta). Y viendo la ñusta que le eran muy favorables las fuentes se fue a reposar el poco que de la noche quedaba, dejando las dichas fuentes con el entretenimiento ya dicho.

El pastor después que se fue a su chozuela trajo a la memoria la gran hermosura de Chuquillanto y estando metido en este cuidado empezó a entristecerse y el nuevo amor que se iba arraigando en su deseo y no atrevido pecho, le hacía sentir y querer gozar de los últimos fines del amor, y con este pensamiento tomó su flauta y empezó a tocar tan tristemente que a las duras piedras enternecía; y en acabando de tocarla fue tan grande el sentimiento que hizo, que cayó en el suelo amortecido, y cuando volvió en sí, dijo vertiendo infinitas lágrimas, lamentando: "¡Ay, ay, ay!, de ti, desventurado, triste pastor desdichado y sin contento, y cómo se te acerca ya el día de tu muerte, pues la esperanza te niega lo que tu deseo pide, ¿cómo puedes, pobre pastor, remediarte, pues el remedio es imposible de alcanzar, siquiera de verlo?", y diciendo esto se tornó a su chozuela, y con el grandísimo trabajo que había pasado se le adormecieron los miembros y así se quedó dormido.

Tenía este pastor en los Lares a su madre, la que supo por orden de los adivinos el extremo en que su hijo estaba, y de quien sin remedio acabaría la vida si no diese orden en remediarlo. Sabida la causa de sus desventuras tomó un bordón muy galano y de gran virtud para tales cosas, y sin detenerse tomó camino de la Sierra y dióse tan buena maña, que llegó a la choza al tiempo que el sol salía, y entró y vió a su hijo que estaba amortecido, y todo el rostro bañado en lágrimas vivas y se llegó a él y le despertó, y el pastor que abrió los ojos y vio a su madre, empezó a hacer gran sentimiento; la madre lo consoló lo mejor que pudo, diciéndole que no tuviese pena, que ella la vencería antes que pasasen muchos días y diciendo esto se fue; y de unas peñas empezó a coger unas ortigas, comida apropiada según estos indios para la tristeza, y cogiendo gran cantidad de ellas hizo un guisado, y no estaba bien cocido, cuando las dos hermanas hijas del Sol estaban ya en los umbrales de la chozuela, porque Chuquillanto así como amaneció se vistió y cuando le pareció hora de irse a pasear por los llanos verdes de la sierra, salió y enderezó hacia la chozuela de Acoyanapa, porque su tierno corazón no le daba lugar a otros entretenimientos; y luego que hubieron llegado a la choza se asentaron a la puerta de ella fatigadas del camino, y como viesen a la buena vieja la saludaron y dijeron si tenía que darles de comer. La vieja hincó la rodilla en el suelo y les dijo, que no tenía más que un guisado de ortigas, y aliñándolas les dio de ellas y ellas empezaron a comer con grandísimo gusto.

Chuquillanto empezó a rodear la dicha choza, con sus lagrimosos ojos, sin dar muestra de lo que deseaba ver, y no vio al pastor porque en aquel instante que ellas se manifestaron, se metió por orden de la madre dentro del bordón que había traído, y así entendía ella que debía de haberse ido con el ganado, y no curó de preguntar por él; y como hubiese visto el bordón, dijo a la vieja que era muy lindo el bordón. La vieja contó que antiguamente era una de las mujeres y queridas de Pachacamac, huaca muy celebrada en los llanos, y por herencia le venía a ella; como lo supo pedíaselo con mucho encarecimiento que hizo al fin la vieja se lo diera. Tomólo en las manos y parecióle mucho mejor que antes, y al cabo de estar un rato en la choza, se despidió de la vieja y se fue por el prado adelante mirando a una parte y a otra, por ver si aparecía el pastor que tanto quería.

Triste y muy pensativa, (Chuquillanto) viendo que en todo el camino no aparecía, se fue así hacia su palacio con grandísimo dolor de no haberlo visto; y al tiempo de entrar en los palacios los guardas las cataron y miraron, como lo suelen hacer todas las veces que de fuera dentro entraban, y como no viesen cosa de nuevo más del bordón que claramente traía cerraron sus puertas y se fueron de todo fraude engañados; ellas entraron en sus recámaras y allí les dieron de cenar larga y espléndidamente; después de haber pasado parte de la noche, todas se fueron a acostar, y Chuquillanto tomó su bordón y lo puso junto a la cama, porque le parecía muy bien, y así se acostó y pareciéndole que estaba sola, empezó a llorar, acordándose del pastor y del sueño que había soñado; mas no estuvo con este cuidado mucho tiempo, porque el bordón se había convertido en el ser que era antes, y así empezó a llamar a Chuquillanto por su propio nombre, y ella cuando se oyó nombrar, tomó en sí grandísimo espanto, y levantándose de su cama fuese por lumbre y la encendió sin hacer ruido, y como se acercase a su cama, vio al pastor que estaba hincado de rodillas delante de ella, vertiendo muchas lágrimas y ella que lo vió fue turbadamente y satisfaciéndose de que era su pastor, le dijo y preguntó cómo había entrado dentro, y él respondió que el bordón que había traído dio orden en ella; entonces Chuquillanto le abrazó y cobijó con sus mantas de lipi, muy labradas y de cumbi muy finísimas, y allí durmió con ella; y cuando quiso amanecer se entró otra vez al bordón, y viéndole entrar dentro de su ñusta y señora, la cual después que el sol había ya bañado toda la sierra, se tornó a salir de los palacios de su padre y se fue por el prado adelante, tan solamente con su bordón, y en una quebrada que hay en la sierra estuvo con su amado y querido pastor, que en su ser ya se había convertido. Sucedió que una de las guardas había ido tras ella, al fin, aunque en lugar escondido, dió con ellos; y como viese lo que pasaba dio grandes voces y ellos que lo sintieron fuéronse huyendo hacia la sierra que está junto al pueblo de Calca y cansados de caminar se sentaron encima de una peña y se adormecieron y como oyesen gran ruido entre sueños se levantaron, tomando ella en una mano una ushuta, que la otra la tenía calzada en el pie, y mirando a la parte del dicho pueblo de Calca el uno y el otro fueron convertidos en piedra, y el día de hoy se aparecen las dos estatuas desde Guallabamba y desde Calca y de otras muchas partes... llamáronse aquellas sierras Pitusiray, y así se llaman hoy día.

Amor y muerte

Si el amor es vida, ¿qué sentido tiene la vida misma si se ha de renunciar al amor? Este cuestionamiento se haría quien, para alcanzar a su amado que ha muerto por su amor, decide morir para reunirse con él en el más allá. También quien, para rescatar a su amada del sacrificio de la muerte, lucha enfrentándose a todos, aun cuando en su afán encuentre el fin de su vida.

La Princesa de Guatavita fue narrada por Julio César García en su obra *Los Primitivos.*

La Leyenda de Anachué fue elaborada por José Reyes para el libro *La Roma de los Chibchas.*

Tristán e Isolda fue extraído del libro *Las Mejores Leyendas Mitológicas* de José Repolles.

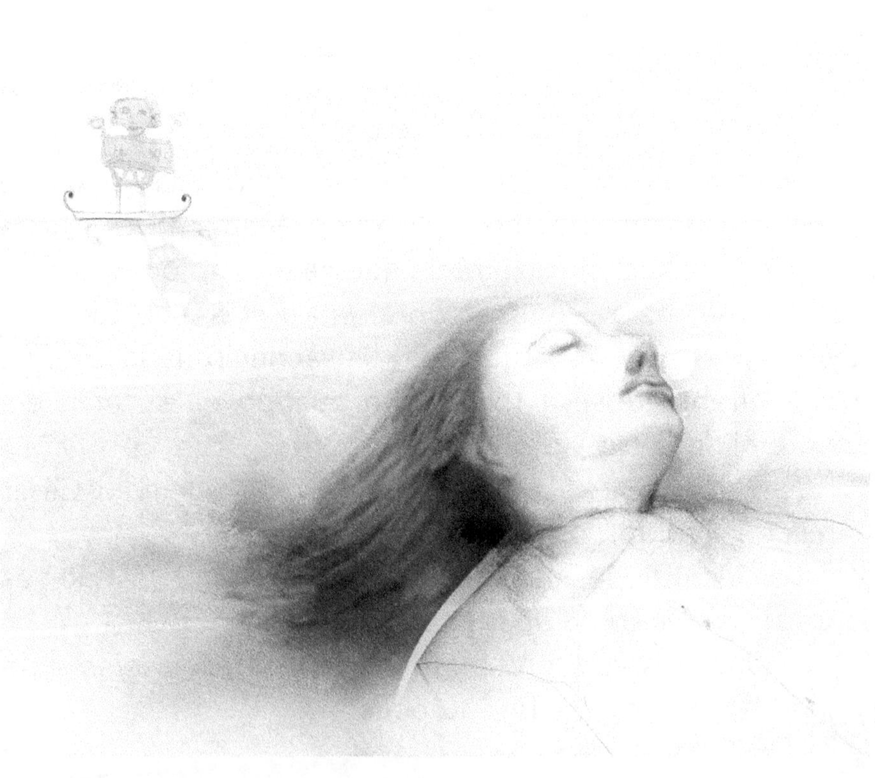

La princesa de Guatavita
Leyenda Chibcha

La princesa de Guatavita (laguna cercana a la población del mismo nombre) era la esposa de un gran monarca que gobernó aquella región y de quien tuvo una hija de aspecto regordete.

El monarca abandonaba frecuentemente su hogar por causa de los asuntos de gobierno y de sus permanentes orgías, sin que por ello menguara la tranquilidad de la princesa, cuyos anhelos estaban puestos en su hija.

Pero algún día aparece ante sus ojos un arrogante guerrero, cuya indumentaria de pedrería y su porte señorial hablaban de la estirpe y posición que ocupaba entre los guechas. Y la princesa se prendó locamente de él.

Una noche se encuentran y tras ella siguen varias en las que los enamorados sublimizan el amor. Pero... cierta noche, como en todas las demás, una anciana siguió a los enamorados hasta el rincón de su amor y de inmediato y en forma sigilosa, viene y avisa al cacique. Este viene y contempla a los enamorados y en forma indiferente regresa a su hogar.

Al día siguiente, el monarca ofreció una fiesta a su esposa; hubo música, trovadores llegados de otros reinos y aquello constituyó un gran festín. Para ella sirvieron un espléndido plato formado por un corazón delicadamente preparado y el cual atribuyeron al de un venadillo. Pero el monarca ríe y tras él sigue la risa de los invitados, cuyas carcajadas repercuten en el alma de la reina, quien sin saber por qué, llora copiosamente.

Pasan los días y una noche los trovadores cantan a la puerta de la reina. En sus canciones ella conoce la tragedia y adivinó a quién pertenecía el corazón que se comió en la fiesta.

Mucho lloró y su determinación fue la de no seguir sufriendo, pues ya había consumido el corazón que tanto amó.

Esperó y una noche abandonó al monarca que dormía su embriaguez, y tomando a su hijita se alejó dejando tras de sí el cercado y las labranzas.

Subió y allá en la altura, la luna fue su única compañera. Estrechó contra el pecho a su hijita y la laguna cubrió sus cuerpos y los precipitó a su fondo.

El monarca llegó y lloró desesperadamente. Ordenó a sus jeques encender una hoguera y ante ella murmuraron. Sacaron el cuerpecito de la niña ya muerta y sin ojos. Luego explicaron cómo la madre había encontrado la felicidad en el reino de las aguas.

Desde entonces, para escuchar los ruegos de su pueblo, continúa la leyenda, surge la reina como una visión blanca sobre linfa azul.

La laguna de Guatavita fue sagrada. Allí se llevaba a efecto la ceremonia del "Dorado" y su fondo devoró inmensos tesoros y ofrendas de todos sus devotos.

La leyenda de Anachué
Leyenda Chibcha

Biachú había llegado a la más alta prominencia de la montaña que circundaba el valle. Su mirada inquieta volvióse sobre el camino recorrido fatigosamente y divisó allá lejos, todavía entre las brumas del amanecer, una multitud de techumbres pajizas que empezaban a engalanarse con leves espirales de humo azulado. Una construcción magnífica sobresalía de aquel conjunto miserable. Era el Templo del Sol, refugio de la religiosidad y del sentimiento de aquellos hombres semidesnudos y hermosos, que cada día elevaban a su Dios una oración sencilla y ferviente.

El paisaje comenzaba a desnudarse y los jirones de niebla, dispersos, como corderos perseguidos, corrían a esconderse más allá de aquel lago encantador que pertenecía a los dominios del Cacique Suamox; lago tembloroso y cambiante, primorosamente decorado por altos juncales donde saltaban aves suntuosas y desconocidas.

La colina descendía suavemente sobre el lecho de aguas transparentes, y se adornaba con árboles gigantes en cuyas copas se diluía un verde primaveral, símbolo de vida y esperanza.

Cuando Biachú apartó los ojos de aquel paisaje donde había dejado la mitad de su vida, sintió nostalgia por el abandono del surco amado y fecundo, por la fuga del remanso familiar, donde al lado del fogón que cuece el sustento y calienta los músculos, él dejaba salir su corazón en busca de recuerdos.

Biachú sintió el ansia de volar, de hacerse sutil como el viento y sus ojos negros, de una profundidad escalofriante, brillaban sobre un fondo de sombras, el ansia se dibujaba en su rostro moreno y sensual curtido por el frío del páramo, queriendo que sus brazos fuertes, convertidos en alas, lo llevaran más allá de la montaña azul.

Sudoroso y cansado, con los pies sangrantes, llegó a la cima del monte y mientras el sol se filtraba por entre las ramas de los arbustos, decidió descansar a orillas de un manantial semioculto por la fronda, donde el agua nacía fresca y pura como la risa de Anachué.

Y así empezó a soñar aquel hombre primitivo, noble y valeroso como todos los de su raza.

Fue una noche, cuando la tribu estaba reunida alrededor del templo celebrando con danzas y música la visita de un cacique de lejanas tierras. Había llegado de los dominios de Suamox, precedido de un enorme séquito de guerreros armados. Lo acompañaba su hija, la indiana Anachué.

Suamox y su huésped presenciaban las danzas, sentados en el suelo y ataviados con vistosos adornos de oro y de plumaje. Biachú repartía la chicha a los altos personajes en recipientes de oro, y a danzarinas acompañantes en odres de cuero y tazas de cerámica. Cuando tendió a Anachué el dorado vaso, sintió que sus ojos humedecidos se clavaban en él. Un estremecimiento nunca presentido corrió por sus venas, como si el veneno de aquel licor amargo y enervante se hubiese transportado a los ojos de ella. Anachué lo siguió con los ojos durante el festín, por entre aquella loca confusión de cuerpos semidesnudos y sudorosos que se retorcían poseídos por el demonio de la danza lujuriante.

La noche era magnífica y la luna, arropada con su manto color de tizú, presidía aquella fiesta rumorosa y sensual.

¡Cuántas estrellas seguían el ritmo voluptuoso de la danza! Y qué intensamente seguían brillando en la oscuridad de su noche los ojos de Anachué.

Y Biachú dialogaba consigo mismo.

¿Por qué aquella noche toda la naturaleza salvaje y primitiva tenía para él un encanto tan hondo? ¿Qué tendría de extraño y de enigmático, que parecía que toda ella penetrara en su ser de manera tan espontánea y sencilla, hasta hacerle sentir la armoniosa simplicidad de las cosas?

Ya, a la media noche, la tribu dormía sobre el campo, al conjuro de las estrellas. Solamente permanecía despierto y vigilante Biachú, quien presentía la dura lucha, quizá el desafío de la muerte, si se atrevía a llegar al lado de Anachué. Cautelosamente se deslizó hasta el arroyo y allí estuvo mirando largamente el cielo en sus aguas dormidas. Qué cerca de él contemplaba ese cielo inmenso y cuántos ojos titilantes vigilaban su vida.

Fue muy breve pero muy dulce el amanecer cerca de ella, y la luna ya había recogido su manto de tizú, cuando resonó una nota prolongada y melancólica, que anunciaba a la tribu la proximidad del día. Biachú había visto en los ojos abiertos de su amada, ¡todas las maravillas del amanecer!

Cuando el lago maravilloso apareció ante sus ojos, el canto de la naturaleza rudo y primitivo llegó a sus oídos. ¿Quién más que él podría ser el dueño de esa visión esplendorosa del cielo y del agua; quién más, con un oído escrutador, podría oír la infinita melodía de las cosas, cuando los árboles, las flores, las mismas montañas, queriendo dialogar con el cielo, se purifican y se hacen tan profundas?

La barca que conducía a Anachué hacia el rito despertaba las aguas del lago. Una leve brisa irisaba la superficie tranquila, donde parecía que el arco iris convertido en pedazos flotara al capricho del viento. La barca avanzaba seguida por muchas canoas, y el cuerpo de la mujer indiana parecía una estatua de oro; tal brillaba su cuerpo, sus largos pendientes y sus brazaletes que al chocar producían un retintín sonoro, como si mil campanitas estuviesen anunciando su fiesta triunfal.

La mañana era hermosa y propicia para aquel acto imponente y salvaje; el rito exigía el sacrificio de ella, elegida como esposa del Sol, luego que hubiese sumergido en las aguas su cuerpo sagrado: despojada de esa envoltura humana, podría emprender un viaje sin ruta a las regiones donde moraba el Dios, y allí, en un trono fulgurante de luz, sería la reina de todos los mundos y podría mirar su rostro moreno en el espejo luminoso del lago.

Mientras Biachú dirigía su barca, en la que intentaba rescatar a la indiana, pensaba en que la lucha sería dura, pero solamente él sería capaz de abatir a todos esos hombres; su coraje, su amor y su sangre impetuosa, serían suficientes para triunfar gloriosamente, llevando a la postre en sus brazos el cuerpo desfallecido pero palpitante de Anachué, y ya lejos de todas las furias, más allá de las montañas azules, a orillas de un río rumoroso y claro, levantaría su rancho para ella.

Cuando Biachú fue divisado, una enorme algarabía se formó alrededor de la barca sagrada; él disparaba su arco vigorosamente, y ya cuando la victoria le sonreía y empezaban a huir los guerreros, sorprendidos y atónitos, una flecha le atravesó el corazón.

Aún con vida, alcanzó a llegar a los brazos de Anachué, y los dos se consumieron, dejando sobre las aguas impasibles una huella eterna de oro y sangre.

Tristán e Isolda
Leyenda inglesa

Hace mucho tiempo hubo en Cornualles un rey llamado Marco, que tenía una hermosa hermana llamada Blancaflor, a la que casó con el rey de Leonís como recompensa por los grandes auxilios que de él había recibido en una guerra.

Quiso la mala suerte, sin embargo, que mientras él se hallaba en plena luna de miel, en la apartada corte de Marco, un eterno enemigo suyo se aprovechara de su ausencia para entrar a sangre y fuego en sus propias tierras. Tuvo, pues, que embarcarse precipitadamente para su país y llevarse consigo a Blancaflor, que dejó al cuidado de un hombre de toda su confianza en un castillo que consideró seguro, mientras iba a combatir al frente de sus leales súbditos.

Pasó el tiempo y Blancaflor, que estaba a punto de darle sucesión al rey de Leonís, recibió la fatal noticia de que su esposo había sido asesinado a traición por su mortal enemigo.

Fue tan honda la pena de la joven viuda que no sintió más que el deseo de dejarse morir ella también. Y cuando a los pocos días dio a luz un hermoso niño, dijo:

–Como ha venido al mundo entre tristezas se llamará Tristán.

Dicho esto besó a su hijo y cayó muerta.

Poco después, el castillo, que parecía tan seguro, fue asaltado, y el hombre de confianza del difunto rey tuvo que rendir vasallaje al usurpador triunfante, y para salvar la vida del recién nacido Tristán, lo hizo pasar por hijo suyo.

Así se crió el niño hasta los siete años, y entonces fue confiado al escudero Gorvelán para que hiciera de él un perfecto caballero, apto para superar a los demás en lo físico y lo espiritual. Por desgracia, tanto llamaba la atención con sólo verlo tan hermoso, apuesto y arrogante, que fue robado por unos mercaderes noruegos, que pensaron poder venderlo a buen precio, y se lo llevaron en su barco.

Pero no contaban aquellos ladrones con que una horrible tempestad se desencadenaría amenazando acabar con su nave. Y, como buenos supersticiosos, creyeron que el robo de aquel muchacho había atraído la desgracia sobre ellos.

–En cuanto podamos lo abandonaremos en una playa desierta, dijeron.

Pero nada más verse en tierra, Tristán huyó, internándose en un espeso bosque donde se encontró con unos cazadores que perseguían un ciervo. Y en recompensa de un servicio que les prestó, enseñándoles, a pesar de su corta edad, algo cinegético que ellos ignoraban, lo llevaron a la corte del rey Marco como una maravilla de habilidad y saber.

Y allí lo adoptó, casi paternalmente, el rey de Cornualles, que no tardó en averiguar que aquel gallardo y valiente mozo, convertido en uno de sus mejores guerreros, era su sobrino. A él quedó después ligada toda su vida.

A Tristán le distinguía la donosura, su maestría en tañer, cantar, danzar y todo arte exquisito del espíritu, la habilidad en juegos y pruebas de ingenio. Y, finalmente, de manera especial, su destreza en el manejo de la espada, lanza, jabalina, maza y hacha o ballesta, así fuera en la guerra, como en cacería o torneos.

Poco tiempo después acaeció que el rey de Irlanda reclamó el pago, que hacía muchos años se le debía, de un tributo de trescientos mancebos y trescientas doncellas elegidos por sorteo entre las familias de Cornualles.

El encargado de cobrar esta odiosa comisión era el gigante Morholt, cuya sola figura ponía horror en los corazones. Acompañado de varios caballeros irlandeses se presentó ante la corte del rey Marco reclamando el inmediato pago de la deuda.

—Pero en el caso de que alguno de los presentes —dijo Morholt— no lo crea justo, saldrá a pelearse conmigo en singular combate, y si queda vivo, lo que pongo en duda, podrá enorgullecerse de haber librado a su patria, a partir de ese momento, de tal acto de vasallaje.

Ni uno solo de los nobles de la corte se atrevió a moverse, pero el joven y digno Tristán, que estaba presente, ante el asombro de todos, arrodillóse a los pies del monarca y le suplicó:

—Señor, concededme el don de aceptar ese desafío.

Aunque el rey lo sintiese, acabó por concedérselo, y Tristán, después de una terrible y desproporcionada lucha, salió victorioso. Tan valerosamente se portó que su espada le abrió el cráneo al gigante y tan fuerte fue el golpe que la hoja quedó mellada y la mella profundamente adherida a la caja ósea.

Cuando el cadáver del gigante Morholt fue llevado a Irlanda para enterrarlo en Weisefort, la rubia Iseo, o Isolda, sobrina del difunto, logró arrancar el acerado fragmento del arma y lo guardó como una reliquia en un cofrecillo de marfil. Y desde entonces, aún sin conocerlo, aprendió a odiar el nombre de Tristán de Leonís.

Sin embargo, llegó un día en que la joven que tanto lo odiaba le salvó la vida sin saber quién era.

En efecto, Tristán había quedado malherido en su lucha con el gigante. Las heridas habían sido hechas con arma emponzoñada, produciéndole pústulas que no se cerraban jamás. Los médicos le aplicaban cuantos remedios sabían, pero el pobre Tristán no se recuperaba. Y como sus heridas despedían tal olor que nadie era capaz de soportarlo, sólo el rey y dos íntimos amigos, Gorvelán y Dimas de Lidán, tenían la caridad de llegarse a él para limpiarle las llagas. Pero hasta ellos se cansaron un día.

–Lo mejor será –le aconsejaron– que vayas a vivir a una choza junto al mar, lejos de tierra habitada.

Tras unos meses de estar allí, esperando su muerte, Tristán decidió probar fortuna a la desesperada. Y embarcándose en una pequeña nave completamente solo, navegó al garete días y días. Al fin, le recogieron unos pescadores irlandeses que le llevaron a la población marinera de Weisefort, donde estaba enterrado el cadáver del gigante Morholt. El señor de aquellas tierras era el monarca que había venido cobrando los tributos de Cornualles.

Tristán se hizo pasar por un mercader que, navegando con rumbo a España, había sido asaltado y herido por unos piratas. Su mentira fue creída y los pescadores le hablaron de que la hermosa rubia Isolda podría seguramente curarle, pues era sabia en materia de ungüentos y elíxires de raras virtudes.

La rubia Isolda, hija del rey de Irlanda, se apiadó de Tristán, y en cuarenta días le curó con sus casi divinas manos, únicas que podrían ya curarle en sus más desgraciados accidentes, porque así lo quería el destino.

Una vez curado, y de nuevo en la corte de Cornualles, Tristán fue acogido por su tío Marco con grandes muestras de afecto, lo que provocó la envidia de los varones Ganelón, Andret, Denoallen y Godoíno, al temer que el héroe fuese nombrado heredero del trono.

Como el rey Marco era soltero, anunció, ante tanta insidia, que elegiría esposa, aunque no la deseaba, por intentar tener un hijo que heredara el trono. Pero, ante las muchas novias que le proponían, puso como condición:

—Sólo me casaré —dijo— con la mujer de quien sean unos rizos de oro que ha llevado hasta mi habitación una golondrina en el pico.

Tristán se ofreció para traerla a Cornualles, pues pensó que dicha mujer no podía ser otra que Isolda, la rubia hija del rey de Irlanda, su mayor enemigo desde la muerte del gigante Morholt.

Audaz como siempre, se dirigió a Irlanda, desafiando todos los peligros. Pero al llegar a aquella corte, se halló con una población aterrorizada, porque una monstruosa fiera iba todos los días a una de las puertas de la ciudad y no dejaba entrar ni salir a nadie, si no se le entregaba una doncella, que devoraba en pocos instantes a la vista del horrorizado pueblo.

Tenía aquel monstruo, de horrible voz y espeluznante aspecto, la cabeza de oso, los ojos como dos encendidas brasas, dos cuernos en la frente, largas y peludas las orejas, garras de león, cola de serpiente y el cuerpo cubierto de escamas. El monarca había hecho pregonar:

Al que mate esa fiera le daré en premio como esposa a mi hija Isolda, la de los cabellos color de oro.

Veinte caballeros habían intentado ya realizar la peligrosa empresa; pero a todos los había devorado el monstruo.

Tristán no se arredró por eso. Cuando vio avanzar a la fiera, fue contra ella y empezó una lucha descomunal. De nada servían los furiosos golpes que le asestaba con sus armas; ni siquiera hacían mella en sus escamas.

De pronto, el monstruo lanzó por sus narices dos chorros de venenosas llamas que, alcanzando al caballo del héroe, lo mataron. Pero Tristán, a pie y a pesar de tener destrozado el escudo, hundió la espada en las fauces de la fiera con tal fuerza y acierto que le partió el corazón, dejándola muerta.

Le cortó entonces la lengua y la guardó como prueba innegable de que la horrible fiera había sido muerta por él. Pero su proeza le dejó tan rendido y maltrecho que, sin poder dar un paso, cayó tendido en tierra, entre unos cañaverales.

A todo esto, el senescal del rey, que deseaba a Isolda como esposa, pero era incapaz de enfrentarse con el monstruo para obtenerla, cuando vio terminada la lucha y caer a Tristán se acercó y cortó la cabeza de la fiera. Al presentarla en palacio dijo:

–Yo le he dado muerte.

La rubia Isolda, al oírlo, prorrumpió primero en una gran carcajada y luego en llanto, al ver que sería dada al más vil y cobarde de los nobles del país. Sin embargo, sospechando la falacia del senescal, se encaminó al lugar de la lucha con su paje Perinis y su doncella Brangania.

En efecto, allí estaba el monstruo con la cabeza cortada, pero había también cerca de allí un caballero desconocido, de bruces sobre un charco de sangre. Los fieles servidores de Isolda lo llevaron en un caballo secretamente hacia las habitaciones destinadas a las mujeres en el palacio.

Isolda curó las heridas de Tristán durante varios días, pero no le reconoció, tan desfigurado había llegado a ella la primera vez. Sin embargo, sentíase vivamente interesada por él.

Un día, curioseando en sus armas, Isolda descubrió que el filo de la espada del herido estaba mellada. Entonces se le ocurrió que acaso fuera aquella la misma que mató al gigante Morholt. Corrió a comprobarlo con el fragmento que guardaba, y ya cerciorada, se lanzó sobre Tristán empuñando la espada.

–¡Tú eres Tristán de Leonís, el que mató a Morholt!

Pero aquel hombre tan apuesto e indefenso la convenció con serenidad de que todo había ocurrido en noble lid.

Y tan convencida quedó la hermosa princesa que, enamorada sin saberlo, tiró la espada y como signo de paz dio un beso en los labios al vencedor del monstruo.

En realidad pudo más en Isolda la atracción del héroe que la fuerza de la sangre. Además, era mil veces preferible Tristán que el odioso senescal.

Por cierto que cuando éste se presentó al rey pidiendo la mano de Isolda, Tristán dejó que mostrara la cabeza como prueba y que se envaneciera en su pretendida proeza, para luego salir él enseñando la lengua del monstruo, dejándole así completamente en ridículo.

Tristán conquistó por derecho a la rubia Isolda, pero no sin dificultad logró que el rey de Irlanda se la concediera al saber quién era. Lo que allanó el camino fue que Tristán dijo al monarca:

–Juro solamente que no me llevo a Isolda para mí, sino para el rey de Cornualles, que hará de ella su legítima esposa, con lo cual la paz reinará siempre entre Irlanda y el reino de Marco, del cual soy embajador.

Isolda fue presa de la mayor desesperación al oír aquello. Pese a todo no tuvo más remedio que partir con los extranjeros.

Pero la previsora madre de Isolda, hábil en preparar sortilegios y filtros mágicos, confeccionó uno por el cual los dos futuros esposos se habrían de amar eternamente si lo bebían. Esperaba así la reina vencer la aprensión previa de su hija hacia su futuro marido. Con gran secreto confió a la doncella Brangania, que era la predilecta de Isolda, ordenándole que se lo diera a beber a los esposos en la noche de bodas.

La sirvienta juró que cumpliría con el mayor celo el encargo, del que nadie se enteraría. Pero un solo descuido que tuvo fue fatal. Durante la travesía, Isolda se mostraba melancólica e irritada por creerse desdeñada por el que ella creyó que la había conquistado para sí y no para otro que no conocía.

Y ocurrió que un día de extremo calor, y con la mar en una calma expectante, en ausencia de la doncella, primero Isolda, luego Tristán, sintiendo que les ahogaba la sed, bebieron del filtro amoroso creyendo que era un líquido refrescante.

Inmediatamente ambos sintieron los efectos de aquella bebida, y cuando Brangania entró donde Isolda y Tristán estaban, los encontró mirándose tan extraña y apasionadamente junto al frasco vacío, que exclamó consternada:

–¡Acabáis de beber con esto el amor y la muerte!

Y cogiendo el frasco vacío lo arrojó furiosamente al mar.

A partir de entonces el odio de Isolda hacia su acompañante se trocó en un amor desenfrenado, al que Tristán correspondía con no menos pasión, aunque se despreciaba a sí mismo en su conciencia porque tenía que confesarse reo de la mayor deslealtad cometida contra su rey. Aquel amor no podía confesarse, pero, ¿cómo ahogarlo, si parecía incontrastable?

Fue Isolda la que, al fin, roto el freno del pudor, pronunció el franco y brutal, ¡te amo!, que unió a los dos amantes en un beso y un abrazo y los tendió en un mismo lecho, mientras la nave volvía a emprender su ruta hacia Cornualles para llevarle al rey su futura esposa.

La boda se verificó con gran pompa, y con ella empezó para Tristán e Isolda una nueva vida, mezcla continua de lealtad y doblez lindado con el crimen, de suspicacias y arrepentimientos por parte del viejo Marco, que unas veces quería matar a los dos amantes y otras los perdonaba.

Al principio, la doncella Brangania ideó el ardid, de acuerdo con su señora, de suplantarla en el tálamo nupcial, mientras Isolda corría a buscar a Tristán, que dormía a pocos pasos del lecho real.

Naturalmente, el rey no tardó en enterarse de lo que ocurría, y aunque no descubrió juntos a los dos amantes, gracias a la fiel Brangania, decidió expulsar a Tristán de la corte. Antes de partir, Isolda, triste y llorosa, le dio un anillo de esmeraldas diciéndole:

–Siempre que me hagas saber un deseo tuyo, con esa joya lo cumpliré sin pensarlo.

Deseando vencer al destino, Tristán fue al destierro, yendo a parar a Gran Bretaña. Allí encontró otra Isolda, llamada la de las Blancas Manos, y se casó con ella procurando olvidar a la otra aunque sin conseguirlo.

Este casamiento sería la causa de la muerte de Tristán. Poco después su cuñado Kaherdín combatió con un fuerte enemigo y él le ayudó en la contienda. Lo malo fue que en ella recibió una herida de lanza emponzoñada.

–Necesito a Isolda, la rubia –dijo el héroe–. Ella me curará como otras veces.

Kaherdín se ofreció a ir a Cornualles para traerla. Llevó consigo el anillo de esmeraldas que Isolda diera a Tristán. Los dos cuñados habían quedado en que, al regresar Kaherdín, si traía consigo a Isolda, la rubia, izaría una vela blanca en la nave; si no, una negra.

Pero la otra Isolda, la de las Blancas Manos, oyó la conversación sostenida entre su esposo y su hermano, y llevada por los celos, se trocó en odio hacia Tristán lo que poco antes fuera amor.

Entretanto, el héroe yacía en el lecho, incapaz de moverse. Sólo vivía para la espera.

Un día, su esposa Isolda se acercó a él y le dijo:

–Regresa Kaherdín. Su embarcación se ve a lo lejos.

–¿De qué color es la vela? –preguntó ansioso Tristán.

–Es completamente negra –mintió la de las Blancas Manos.

Entonces Tristán volvióse bruscamente contra la pared mientras su corazón latía locamente. Dejó oír tres grandes suspiros, y tras pronunciar el nombre de Isolda, expiró.

Un momento después una nave de vela muy blanca arribó al puerto. De ella descendió Kaherdín con la hermosa y rubia Isolda.

–Ha muerto Tristán, la prez de los caballeros– les dijeron.

Cuando la tan esperada amante llegó a la habitación donde yacía el cadáver de su amado, apartó a la otra Isolda autoritariamente, diciéndole:

–¡Apartaos de ahí! ¡Yo he amado a Tristán más que nadie!

Y tendiéndose junto al muerto, abrazó el cuerpo exánime del héroe, le besó con afán en los labios y como si en ellos sorbiera la muerte, entregó su alma a la misericordia de Dios.

Y cuéntase que cuando el rey Marco se enteró de la muerte de los dos amantes que tantos malos ratos y disgustos le dieron, cruzó el mar, se presentó en Bretaña, donde se había desarrollado la tragedia, e hizo construir dos ricos sepulcros, uno de azul calcedonia para Isolda y otro de verde berilo para Tristán. Y puestos en ellos los dos cuerpos, siempre amados, se los llevó a su tierra de Cornualles y los hizo colocar a derecha e izquierda del ábside de una capilla.

Al día siguiente, los fieles vieron con estupor que, aquella misma noche, había brotado en la tumba de Tristán un rosal silvestre cubierto de abundantes hojas, fuertes ramas y olorosas y carmíneas rosas, que fue a hundir su tallo en la tumba de Isolda.

Por tres veces cortaron el rosal los campesinos y siempre renacía tan frondoso y perfumado como antes y con la misma inclinación. Maravillados, fueron a contárselo al rey y éste ordenó:

–Que nadie lo corte, puesto que desean estar unidos hasta después de muertos.

PÍO FERNANDO
GAONA PINZÓN

Nació en Gûepsa, Santander del Sur, en 1954. Tras realizar estudios de Matemáticas y Física en la Universidad Pedagógica y Tecnológica de Colombia en Tunja y residir en Moniquirá, se radica en Bogotá donde se desmpeña como editor.

Ha publicado las novelas Diana Umbra (1990) y Nada es eterno (1995) y el libro de poesía Portón del tiempo (2001).

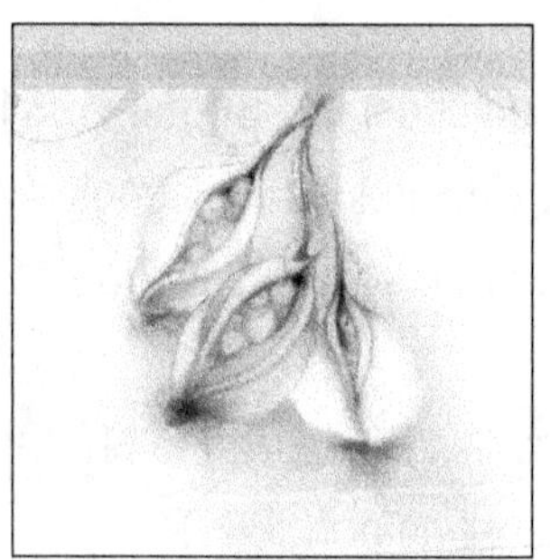

www.ingramcontent.com/pod-product-compliance
Lightning Source LLC
Chambersburg PA
CBHW080818170726
48000CB00021B/3206